# コードギアス　霧京のアーサー

case file:beginning

原作：サンライズ
著：あざの耕平

角川スニーカー文庫

23566

contents




口絵イラスト ： さくしゃ2

本文・口絵デザイン ： 木村デザイン・ラボ

# プロローグ

仄《ほの》かに光るランプの明かりが、部屋を淡く照らしていた。

室内の空気は淀《よど》み、酒とアヘン、それに微《かす》かな血のにおいが漂っている。だが、空気が淀むように感じる最大の原因は、部屋にいる男たちが放つ、無言の敵意と暴力の気配だろう。

その気配が向かっているのは、部屋の中央に立つ一人の来訪者だ。

威圧的な視線を全身に受けながら、怯《ひる》む様子は微塵《みじん》もない。逆に、昂《たか》ぶったところや油断する様子もなかった。自然体のまま静かに、男たちと対峙《たいじ》している。

息をするのも憚《はばか》られそうな、張り詰めた空気感。

しかし、次に部屋に響いた声は、どこか涼しげですらあった。

「薄暗いところで申し訳ないね。共和国《こちら》ではまだまだ電灯は少ない。帝国《あちら》から来られたのなら、些《いささ》か不便だろう」

そう話しかけたのは、部屋の奥のソファーに座る人物だ。周囲の男たちとは対照的に、線の細い——それどころか、どこか妖艶な雰囲気を醸す人物である。

ただ、その人物が男たちを束ねるリーダーであろうことは容易に察せられた。存在感が違うのだ。単に雑談を口にしているだけだというのに、妙に人を惹《ひ》き付ける。ただそこにいるだけで、この「場」を支配しているのが感じられた。

そんなリーダーに向かって、来訪者はゆるりと否定を返す。

「問題はない。生国ではガス灯すらなかった。夜ともなれば射干玉《ぬばたま》の闇。この国は、十分明るい」

「そう？　けど、人の手が生んだ光というものは、すぐ隣により深い闇を生むものでね」

軽やかな口振りで、からかうようにリーダーが答えた。その顔に浮かぶ微笑には、わずかに冷たい気配があった。だが、来訪者は無言。リーダーは肩を竦《すく》めた。

「まあいい。本題に入ろうか」

そう言って、リーダーはわずかに双眸《そうぼう》を細める。

「改めて確認するけど……君は我々と敵対する気もなければ、交渉するつもりもなく、ただ挨拶のためだけにここを訪れた、ということで本当にいいのかな？　我々の感覚からすると、ずいぶんと奇特なことだが」

リーダーの問いかけに、来訪者は首肯する。

「どんな街であれ『事』を起こす気なら、仁義を――事前に断りを入れておくべき人間が存在する。『ここ』では貴方《あなた》がそれに当たると考えた」

「……『事』を起こすのは確定なんだね？」

「騒がして申し訳ないが、いかんともしがたいな」

淡々とした、ある意味不遜な物言いに、周囲の男たちが放つ威圧が強まった。それでも、来訪者に変化はない。その眼差《まなざ》しは、真《ま》っ直《す》ぐリーダーに据えられている。

「オーケー」

リーダーが答えた。その声はどこか楽しげだ。

「独特のマナー……というより、美学かな？　面白い。早々に『私』へ辿《たど》り着いた勘の良さといい、単身乗り込む度胸と腕前といい、大変結構だ。今後私の手の者が君の目的を阻害することはない。約束しよう」

「……感謝する」

リーダーの回答に謝辞を示した来訪者だったが、その表情はやや意外そうだった。こうもすんなりと話がまとまるとは思っていなかったのだろう。実際、周囲の男たちの中には、明らかに不服そうな顔をする者もいた。が、声を上げて抗議する者はいない。不満を感じたとしても、リーダーの決定に異議を申し立てる意思はないらしい。

「……なるほど。さすがは暗黒街の《教授《プロフェッサー》》。噂《うわさ》は伊達《だて》ではなかったらしい」

「おいっ」

「テメエ」

値踏みするかのような発言に、たちまち男たちが色めき立つ。だが、リーダー——教授と呼ばれた人物は、表情を変えないまま片手を上げて周囲を制した。

サッと水を打ったように、ヒートアップしかけていた男たちが口を閉ざす。

《教授《プロフェッサー》》は何事もなかった様子で、

「さて。妨害はしないと言ったが、野放しにするかは別の問題だ。とはいえ……君を監視し続けるのはなかなかに骨が折れそうだ。そこで提案だが、いっそ一人監視役を側に付けさせてもらって構わないだろうか？」

「断る。邪魔だ」

「見返りに街の情報を提供する」

「…………」

　来訪者がピクリと表情を動かした。

　所詮は余所者《よそもの》。断固として遂行すべき目的があり、そのためなら暗黒街を仕切る組織と敵対しようと構わぬ覚悟だったが……土地勘のなさ、情報収集力の不足は痛いほど自覚している。仮に、この土地に住む者のバックアップが受けられるなら、願ってもないことではあるのだ。

　ただ、

「……何故《なぜ》だ？　厄介な余所者に、どうしてそこまでする？」

疑惑を隠さない問いかけに対し、《教授《プロフェッサー》》はあっさりと答える。

「面白いからだ」

来訪者の双眸が剃刀《かみそり》のように鋭くなる。目の前の人物の酔狂に、どんな意味があるのか見抜こうとした。

だが、《教授《プロフェッサー》》はただ楽しげな微笑を浮かべるのみだった。周囲の男たちも呆《あき》れ――特に、彼の斜め後ろに控える大男は大仰に嘆息していた。来訪者は困惑する。少なくとも己の眼力では、《教授《プロフェッサー》》の回答以上の思惑を嗅ぎつけることはできなかった。

ならば、ここは腹をくくるべき。

「……監視役の指示に従う気はない」

「構わない。まあ、アドバイスはさせてもらうだろうが、従うか否かは好きにしたまえ」

「場合に依《よ》っては排除するが」

「そのときは『消えろ』と命じろ。従うよう指示しておく」

それらの回答にも嘘《うそ》は感じられなかった。来訪者はおもむろに頷《うなず》き、《教授《プロフェッサー》》の提案を受け容《い》れた。

「ああ、そうだ。ただ、ひとつだけよいかな？」

《教授《プロフェッサー》》が言った。来訪者は「なんだ？」と聞き返す。

「我らが霧の京《ロンドン》に来訪した用向きを聞いておきたい」

その問いに、来訪者は初めて、うっすらとした笑みを過らせる。

そしてひと言のみ、簡潔に答えた。

「復讐《ふくしゅう》だ」

## 事件1

# 「緋色の紋様」

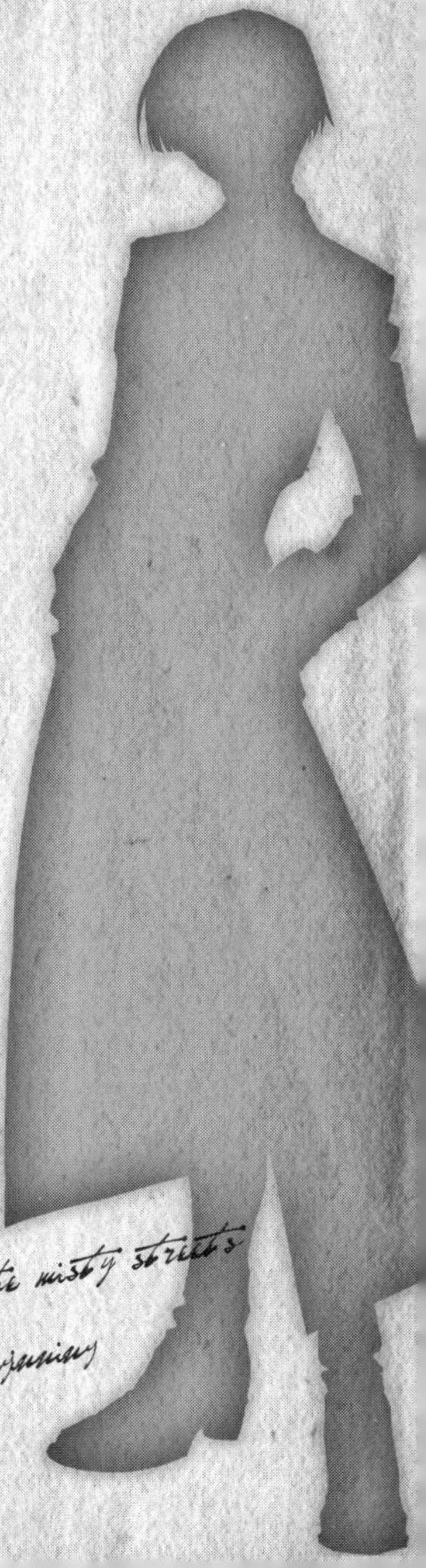

Code geass

Arthur on the misty streets

Case file : beginning

# 1

大都市ロンドンの主要ターミナル駅のひとつである、キングス・クロス駅。

その駅舎を出たコナン・ワトソンは、心地よい夏の陽射《ひざ》しに照らされる、目の前の喧噪《けんそう》に立ち尽くした。

背が高く、何より姿勢が良い。鋭い目つきや厳格そうな顔つき、鍛えられた身体と下ろし立ての旅装は、さながら赴任先を訪れた青年将校のようだ。

しかし、いまその顔に浮かんでいるのは、戸惑い、途方に暮れたような苦笑いだった。

「……ハハ……こんなだった……か？」

広大なプラットフォームや宮殿と見紛《みまが》う駅舎にも鼻白んだものだ。しかし、無数の人が行き交う眼前の光景は、また別の迫力があった。

見渡す限りに立ち並ぶ堅牢《けんろう》な建築物に、どこまでも続く整備された道。その石畳を鳴らす、無数の靴底と馬車の蹄《ひづめ》、轍《わだち》の響き。

入り交じる様々なにおいは、食堂から漂う鱈《たら》や芋を揚げる油のにおいであり、婦人たちが振りまく香水のにおいであり、背後の駅から続く機関車の硫黄臭。それに、石炭を燃やす煤煙《ばいえん》のにおいだった。

活発に、貪欲に生きる、巨大な「都市」の気配。

それを当然のものと受け容れ、自らの生活を営む、幾多の市民。

「……まいったな。全然懐かしくない……というより、ほんとにこんな風だったか？　この何年かでもだいぶ変わってはいるのかもしれないが……」

コナンはかつて、ここロンドンに住んでいた。いや、「住んでいた」というよりは、「生きていた」というべきかもしれない。幼い頃に両親が死に、孤児院に入れられたのだ。そこは貧困のただ中にある酷《ひど》い場所で、結局は十歳になる前に飛び出し、さらなる貧困の底に沈んでいった。生き別れになっていた兄に出会えていなければ、間違いなく野垂れ死んでいたはずだ。

しかし、二十歳になり改めて訪れたロンドンは、子供時代の印象とはまるで別の都市のようだった。あのときは見えていなかったものが、いまなら視界に入ってくる。

「……凄《すご》いな。ロンドン」

圧倒される。身寄りのない独り身の自分は、果たしてこの場所でやっていけるのだろうか。そんな不安が、早くも脳裏を過った。

だが一方で、そんな不安を大きく上回る興奮もあった。率直な、未知への期待。夢に見た未来へと向かう昂揚《こうよう》。

　コナンの人生はいま、新たなステージに入ったのだ。

「……見ててくれ、兄さん」

　左手にトランクを提げたまま、決意も新たに右手を握り締める。

　直後に、ドスンと背後から衝撃を受けた。

「わっ、あっ、す、すみません!?」

　往来の中に立ち止まるコナンに、背後から誰かがぶつかった。コナンは慌てて謝罪したが、ぶつかった通行人は特に気を悪くする素振りも見せず、無言のまま足早に立ち去った。周囲の者も気に留める様子はない。ただコナンを避けて通り過ぎて行く。

　――いかん、いかん。

　都会の時間は田舎の時間とは早さが違う。いつまでも地元《ダラム》の田舎気分でいては、周囲から浮いてしまう上に迷惑だろう。眼前の光景や人々の振るまいもだが、この「都会の時の流れ」にも慣れていかねばならない。都会人として生きる術を身に付ける必要がある。

　そのためにも、まずは拠点だ。

　コナンはポケットからメモ書きを取り出した。住まいはすでに決めてある。田舎で取り引きのあった商人のツテで、下宿先を紹介してもらったのだ。

徒歩でも辿り着けない距離ではない。

だが、ここはやはり、馬車だろう。二輪辻馬車《ハンサム》だ。都会人たるもの、辻馬車《つじばしゃ》のひとつやふたつ乗りこなせなくては話にならない。

折しも、ほど近い場所に馬車が停《と》まり、駅に向かう客を降ろした。コナンは表情を引き締め、駆け出す勢いで馬車に迫った。

「すっ、すみません！　乗せて頂きたい！」

「へ？　ああ、どうぞ？　どちらまで？」

「モンタギュー街まで」

「はいよ」

御者はいたって気軽に応じた。これで良かったらしい。なんだ簡単じゃないか、と顔を明るくしたのも束《つか》の間《ま》、不意にコナンを懸念が襲った。

「ちなみに、いくらかかるかな？」

「料金ですか？　まあ、二マイル程度なんで一シリングってとこです」

辻馬車の相場などわからないが、一シリングなら問題はない。いや、地元にいたころの自分なら節約のため歩いたかもしれないが、いまは経験することが優先だ。コナンは頷き、馬車に乗り込みながら懐に手を伸ばして——

動きを止めた。

「……え？」

ない。上着に入れていた財布がない。

慌てて他のポケットを探るが、やはり財布は見つからない。そんな馬鹿な——と我を失いかけたところで気がついた。

——さっきの！

背後からぶつかって来た男。掏摸《すり》だ。思えば、いくら往来の真ん中とはいえ、ずっと立ち止まっていた自分に、あんな風にまともにぶつかって来るのはおかしい。

やられた。コナンは急いで男が立ち去った方向に首を向けたが、男はとうに消え、影も形も残っていなかった。

「お、おのれ」

到着早々思わぬ形で都会の洗礼を浴びてしまった。歯嚙《はが》みするコナンに、「旦那？」と御者が不審な目を向ける。「あ、いや……!?」とコナンは泡を食った。

——なんてことだ。いきなり路銀を……いやいや、落ち着け。所持金の大半はこっちのトランクの中だ。問題ない。この程度のこと……ああでも、財布にはあといくら残っていた？　兄さんが残してくれた貴重な金を俺は……って、待て待て。いまは馬車の支払いだ。

　コナンはトランクを開けようとするが、またしてもその手が止まる。そう言えば、辻馬車の支払いは先にするのだろうか？　それとも降りてから？　迷っていると、背後に別の馬車が停まった。ひょっとして自分は、通行を阻害しているのではないだろうか？　早く出発して……だから支払いを……。

　幾つもの思考が混線し渋滞して、コナンはだらだらと嫌な汗を流す。御者がいよいよ胡《う》乱《ろん》な目つきになったのは、多分気のせいではないだろう。とりあえず謝るべきか？　それとも、とにかく乗り込んでしまって――

「ははーん。さては君がそうか」

　背後から声がかけられた。

　振り向く。

　青年が立っていた。

　年のころは自分と変わらない。二十歳前後というところだろう。青い瞳に赤茶けた髪。鹿撃ち帽風の帽子を被り、ニマニマとこちらを見ている。

　見知らぬ青年だった。

どこか馴《な》れ馴れしい不遜さがあったが、少なくとも危険は感じない。格別奇異でもなければ、高貴な様でも野卑な風でもない。通行人に紛れていれば特に目を引くこともない、いたって普通の青年だ。

だが——

なぜだか妙に気になった。

もっとも、それは単に、突然声をかけられたからだったのかもしれないが。

「ちょうど良い。御者君。大英博物館を目指してくれ。モンタギュー街だ」

「え？　ちょっ——おい⁉」

急に現れた青年は、一方的に御者に告げるとコナンを馬車に押し込んだ。

のみならず、さも当然のように自分も乗り込む。コナンを座席の奥に押しやると、「よっ」とその隣に腰を下ろした。

「出してくれ！」

御者は妙な客に対してあからさまに迷惑げな顔をのぞかせたが、それでも職業意識が勝ったらしく無言で馬の手綱を振るった。

馬車が走り出す。「待てっ⁉」とコナンは混乱したまま叫んだ。

「な、なんだ君は？　初対面のはずだな？　一体どういうつもり——」

「目的地が一緒なんだ。乗り合いだよ」

「乗り合い？　……あ、そういうの、普通にするものなのか？　すまない。実は今日こちらに来たばかりで、その辺りの作法が……」

「その心配は見当外れだな。初対面の人間が二輪辻馬車《ハンサム》で乗り合いなんて見たこともない」

「だったらなんだよ⁉　そっ、そうか詐欺だな？　親切面で近付いて株か保険でも買わせようって魂胆か！」

「それは詐欺じゃなくて営業じゃないかな」

「あっ、まさか銀行家⁉　とてもそうは見えないが、意表を突いて銀行家なのか？　言っておくが、銀行なんかに大事な金を預けるつもりはないからな？　銀行は決して信用するなと、兄の言いつけなんだっ」

「お兄さんに何があったんだ？」

あまりのコナンの形相に、青年は思わずといった様子で噴き出した。

それから、狭い馬車の座席で、足を組み、身体を捻《ひね》って上目遣いにコナンを見やる。

「アーサー・ホームズ」

「は？」

「名前。僕の。よろしく」

そう一方的に告げると、青年――アーサーはニマっと小さく笑った。コナンはどうにも毒気を抜かれて、アーサーを見返しつつ口をつぐんだ。

偽名に決まっている。コナンはとっさの反発心でそう考えたが……なぜか不思議と、そうではないことが理解できた。いかにも怪しい奴《やつ》だというのに、嘘《うそ》を吐いているとは思えなかったのだ。

アーサーは唐突に名乗ったあとは、特に何をするでもなく、一人だけリラックスしている様子で馬車に身を任せていた。コナンも言葉が途切れ、無言のまま馬車に身を揺られた。

「…………」

ガタガタゴトゴトと馬車が進む。

都会の景色が視界の隅を流れて行く。

「いやいやいや⁉　つまり誰だよ！」

「ん？　だから言ったろ？　アーサー――」

「そうじゃないっ。俺が聞いてるのは、名前じゃなくて素性だ！」

「お、よくぞ聞いてくれた。僕はね、発明家だ！」

目をキラキラさせながらアーサーが言った。

コナンは眉間に皺《しわ》を寄せた。

「……発明？」

「いかにも！　専門というか得意分野は電気工学だが、発明品は多岐にわたる。例えば、電気式発火装置に電熱器。電気式多用途照明に高速稼働の電動包丁！」

「……それは全部電気工学で、多岐にわたってはいないようだが……？」

「メインテーマはサクラダイトの活用だ。知ってるかい、サクラダイト？　東洋では『桜石』、また我らがイギリスの一部地域では『賢者の石』とも称されるオカルティックな物質だが、その本質——もっとも注目すべき点は、他に類を見ない伝導率にある！　ある種の金属が絶対零度近くで電気抵抗を消失させることは学会でも周知の事実だが、驚嘆すべきことに、この物質サクラダイトは常温においてもこの超伝導状態を——」

「ストップ！」

「ん？」

　アーサーがきょとんとする。

　コナンは一度深呼吸をした。

「……オーケー。オーケーだ……ええと、ミスター・ホームズ？」

「アーサーでいいが？」

「ミスター・ホームズ！　言いたいことはわかった。……ああ、いや、全部じゃないが、三分の一——四分の一ぐらいはわかったと思う。だが、そうじゃない。俺が聞いているのは君の発明に関することじゃなくて、見ず知らずの発明家がどうして俺が停めたこの馬車に——」

「あ、そう言えば君、煙草《たばこ》は嗜《たしな》まないようだが、煙草の煙は平気だろうか？」

「話を聞けっ。……って何？　煙草？　確かに吸わないが、どうしてわかる？　まあ、周りの大人は吸ってたし、別に気にはならないが——」

「素晴らしい。まあ、そっちまでにおいが行くことはほとんどないと思うが、ああ、では音はどうかな？　音楽に理解はある方かい？」

「音楽？　嫌いじゃないというか、むしろ好きだが——え？　さっきから一体、何を言って——」

「好きなのか。結構、結構。発光——は問題ないだろう。あとは爆発——も最近はないし、振動の方も特に問題あるまい」

「『爆発』？　いま『爆発』と言ったか？」

「大丈夫。確率的には無視して良い範囲だから」

「だから、何がっ？」

コナンは声を嗄《か》らす。これが都会の洗礼だというなら、ロンドン住まいは再考の余地がありそうだ。しかし、田舎者の自分にも、問題があるのが都会ではなく目の前の優男であることぐらいは理解できる。

とにかく話が通じない。というか、会話が噛《か》み合わない。

しかし、アーサーはまるで気にせず、なんなら上機嫌にさえ見えた。本来なら警戒して然《しか》るべきなのだが、その呑気《のんき》な様子がどうにも調子を狂わせる。

――なんなんだ、この男？

コナンはただただ当惑した。

ところが、

「あっ、しまった。そう言えば煙草を買うのを忘れていた。御者君。悪いが、その先を曲がったところで、一度降ろしてくれたまえ」

慌てたように、アーサーが言った。御者は「へい」と短く応えて、馬車を走らせ路肩に停《と》める。「な!? おい」と成り行きについて行けないコナンを余所《よそ》に、アーサーは独り、さっさと馬車から降りた。

振り返り様に親指を弾き、ピン、と何かをコナンに投げ寄越《よこ》す。とっさにつかみ、それから手のひらにつかんだ物を確認した。

コインだ。一シリング銀貨。

「まだ途中だが便乗したのは僕の方だし、掏摸の被害に遭ったばかりの君に払わせるのも忍びない。ここは僕が出しておこう」

「はぁ!? なんで掏摸のこと――」

見られていたのか？ コナンはとっさにそう疑ったが、そんな疑心は次の台詞《せりふ》で吹き飛んだ。

「ありがとう、御者君。目的地は変わらず、モンタギュー街――大英博物館の角を少し曲がった辺りだ。ちなみに、大英博物館の図書室は、イギリス屈指の蔵書だぞ？ もちろん医学書も豊富だから、君も大いに利用するといい。では、ミスター・コナン・ワトソン。のちほど、また」

アーサーはさっと手を振ると、そのあと振り向くことなく雑踏の中に潜り込んで、去った。コナンは呆然《ぼうぜん》と見送ったあと、気付いて目を白黒させた。

コナン・ワトソン？

どうしてあの男は、自分の名前を知っていたのだ？ それに医学書のことまで、一体なぜ？

――あいつ……!?

御者が馬に鞭《むち》を入れる。馬車が再び走り出す。

コナンはキツネにつままれたような気持ちのまま、アーサーの消えた方向を、見えなくなるまで凝視し続けた。

＊

前世紀末、フランスに端を発した市民革命は、欧州全域を巻き込み、長年続いた王侯貴族による支配体制を崩壊させた。これを紀元とするのが、革命暦だ。

革命の気運はイギリスにも及ぶ。時のイングランド王国女王エリザベス三世は、ナポレオン・ボナパルトによる侵攻を受けた際、親ナポレオン派の市民軍に捕らわれ、王政廃止を迫られた。世に言う「エディンバラの屈辱」である。

ただ、このときエリザベス三世は、リカルド・ヴァン・ブリタニアの尽力により、辛うじて難を逃れる。そして、「ワシントンの乱」失敗後さらなる植民地化が進んでいたアメリカへ渡り、かの新大陸に遷都したのだった。

その後、エリザベス三世が死去しテューダー朝が途絶えた際、後継者となったリカルド・ヴァン・ブリタニアは、帝政を施行。国名を「神聖ブリタニア帝国」と改め、自ら初代皇帝となる。

一方欧州では、ワーテルローで敗北したナポレオンが、帰国途上で急死。各国は混乱の中、共和制による民主国家へと生まれ変わる。イギリスもまた、イギリス共和国として再生し、議会制民主主義国となって新たな道を踏み出した。

以来、百年。

気高い情熱に支えられた市民革命の理念は、時と共に衰退し、腐敗し、幻滅と利己主義に取って代わられつつあった。しかし、何もかもが水泡に帰したわけではない。着実に国力を増す神聖ブリタニア帝国に対抗すべく、イギリスはいまもなお、成長を続けている。資本主義の経済体制は産業の発展を加速させ、増大した産業は大衆社会を向上させた。貴族制時代にはなかった新たな格差を生じさせつつも、国家として前進を続けているのだ。現に、首都の人口はすでに四百万を優に超え、さらに肥大し続けていた。

自由と権利を得た民衆が集う、大都市ロンドン。

その意志と思想、情動の坩堝《るつぼ》は、日々無数の欲望を育み、数えきれぬ罪を吐き出し続けている。

時に、革命暦九八年、皇暦一八八七年、夏。

ロンドンの片隅で、とある二人の青年が出会う。

それは、星の数ほども生まれる出会いのひとつであり、同時に、当人たちにとって己の人生を左右する出会いでもあった。

＊

訪れた下宿先の大家は、ジェファーソン・スタンフォードと言った。巨漢で太っており、常に笑みを浮かべている愛想の良い中年男だ。手紙のやり取りはあったが会うのは初めてで、正直不安もあったのだが、幸い付き合いやすい相手のようだった。

「来月からこちらの大学に通うそうだね。医者の卵だって？　立派なものだ」

「恐縮です」

「しかも、親代わりだったお兄さんが亡くなって、天涯孤独の身だそうじゃないか。それでも大学に合格したんだから、本当に大したものだよ。かく言う僕も親は死んだし、独り身だ。仲良くやって行こうじゃないか」

「こちらこそ、よろしくお願いします」

そんな会話を交わしながら案内されたのは、三階建て住居の二階部分。一階と地下は大家のスタンフォードが使っており、三階部分には別の下宿人がいるらしい。そちらにも挨拶をと思ったが、生憎《あいにく》留守のようだった。

「気にすることはないさ。三階の住人《あちら》はあまり人付き合いが得意じゃないみたいだからね。だから、君が来てくれて嬉《うれ》しいよ。いつもとは言わないから、時々は午後の紅茶《アフタヌーン・ティー》に付き合ってもらいたいね」

大らかに笑う大家に、コナンも苦笑しながら「はい」と応じる。ずいぶん気易《きやす》いが、逆よりはいいだろう。実際、右も左もわからないのだから、親しくしてくれる人間がいるのはありがたいことだ。

案内された部屋は、一人で使うには十分広かった。古いが清掃の行き届いた家具に、おそらくはわざわざ張り替えてくれたのだろう真新しい壁紙。南西向きの窓からは、淡い西日が差し込んでいる。

内心、もう少し狭くていいからもっと安い部屋を借りる考えも浮かんだが、それは将来的な選択肢だ。ロンドン暮らしの出だしとしては上々だろう。

「気に入ったかな？」

「ええ、とても」

「それは良かった。まあ、なんだ。気になることがあれば遠慮なく言ってくれ。……多分、すぐにそうなるはずだから」

「はい？」

「ハハ。まあまあ。とにかく住んで、暮らしてみてからのことさ。さて、初日の今日は歓迎の意味もかねて、夕食の準備をしてある。旅の疲れもあるだろうが、若いんだ、平気だろ？　少し寛《くつろ》いで荷《に》解《ほど》きを済ませたら、一階に下りて来てくれ」

「……ありがとうございます」

　何かひっかかる物言いだったが、大家は相変わらずニコニコと笑っている。コナンが礼を言うと、スタンフォードは機嫌良くドアを開けて廊下に出た。

　しかし、立ち去る前に振り返ってコナンを見やり、

「あ、ただし戸締まりは十分に気を付けてくれ？　二階だからって油断しないようにな？ついこの前も、近くに空き巣が入ったんだ。犯人も捕まってない」

　釘《くぎ》を刺すスタンフォードに、コナンは大真面目に「わかりました」と返事をする。何しろ、掏摸《すり》の被害に遭ったばかりだ。この上空き巣にまで遭ったら目も当てられない。

　コナンの反応を見たスタンフォードは、満足そうに頷いてドアを閉めた。コナンは軽く息を吐き、改めて部屋を見回した。

　窓辺に近付き、外を見る。眼下の通りを少し歩けば、すぐに大英博物館だ。自分はいま、

イギリスの誇る英知の殿堂の側に居るのだ。そう思うと、静かな昂揚《こうよう》を覚えた。

今日からここが、自分の城だ。

とはいえ、ここの賃料も大学の授業料も、兄の遺産頼りなのが実情だ。なるべく早く自分の稼ぎで暮らせるようになりたいところである。

「……大学に通いながらでもできる仕事があればいいんだが」

もっとも、焦って医者になるのが遅れては本末転倒だろう。先のことはゆっくり考えればいい。その時間はたっぷりある。

「うん」

コナンはひとつ頷くと、荷解きを開始した。と言っても、所持品などささやかなものだ。持参したトランクを開けて、詰め込んできた日常用品を出せば、それで終わりである。すぐに手持ち無沙汰になって、ベッドの上に寝そべった。

大の字になって天井を見上げていると、身体中《からだじゅう》の疲労がシーツに染み落ちて行くようだ。自覚していた以上に疲れていたらしい。もちろん、その大半は心労だ。都会の空気。掏摸の被害。それから……。

「……結局なんだったんだ、あの男は？」

ついさっき馬車に相乗りした青年のニヤニヤとした笑みが脳裏に甦《よみがえ》って、コナンは我知らず仏頂面になった。

　直前に掏摸に遭ったことは、見られていたとすれば納得は行く。しかし、自分が医学書を必要としている――来月から医学生となることを、あの青年はどうして見抜くことができたのか。いや、百歩譲ってその憶測が当てずっぽうのまぐれ当たりだったとしても、名前まで知っていたことは説明ができない。どこかで会ったこともなければ、名札を付けていたわけでもないのである。

「まさかっ、読心術⁉」

　独りごちたが、すぐに、いやいやと否定する。読心術に関する知識など存在を知っている程度だが、その時その場で感情を読み取るならともかく、固有名詞を言い当てるなど到底不可能だ。常識的に考えれば事前に知っていた――つまり元々コナンのことを認識していたとしか考えられないが……面識はないのである。そして、コナンはあらゆる面において、ロンドン住民に知られるような著名人ではない。

「……くそっ。気になるのが腹が立つ」

　苛々《いらいら》とつぶやいたとき、急に妙な違和感を覚えた。

　なんだと思ったしばらくのち、違和感の正体がわかる。

　音だ。

ずっと聞こえていた妙な高音が、途切れ、そしてまた復活したのだ。あまりに微《かす》かな音だったので、一度消えて復活するまで、そもそもそんな音が聞こえていたことにも気付けなかった。

あまり聞き馴染《なじ》みのない音である。蒸気機関のエンジンの音に似ているが、もっとずっと小さく、高音だ。何かの機械の駆動音だろうか？　どこから？　コナンはベッドの上で上半身を起こしたが、音の発生している方向まではわからない。

と、聞き耳を立てている間に、また音が途切れ、復活した。しかもそれが連続する。さらには、音量が徐々に大きくなっていく。

ついには、咳《せ》き込むような不安定な音となり、同時に金属が触れ合うようなガタガタという音まで聞こえてきた。

――上から？

コナンが天井を見上げる。まさか、スタンフォードが口を濁していた「気になること」が、これなのだろうか。そう思った瞬間。

バチンッ！

無視できない音が響いた。しかも今度は続けざまに、バリ、ババッ、バツンッと、音が連鎖している。「な、おい？」とコナンがベッドから床に足を下ろした瞬間、

バン！

何かが破裂するような音が響き、天井が振動した。コナンは思わず身を竦《すく》めた。音と振動は、それきり止《や》んだ。だが、コナンの鼓動はトップギアのままだ。ベッドから飛び降りて出入り口のドアを開け、廊下から階段の上を見上げた。

「い、いまのは――」

訳がわからないままつぶやいたときだった。

「そんな馬鹿なっ!?……あ、そうか。《仮設炉》のコードが一本、錆《さ》びかけてたな。取り替えるのを忘れていた。僕としたことが」

そんな、慌てているのか呑気《のんき》なのかわからない声が、階段の下から聞こえてきた。振り返る。

鹿撃ち帽風の帽子を被ったニヤニヤ笑いの青年が、階段の途中でこちらを見上げていた。

目が合った。

青年のニヤニヤ笑いが、さらに深くなった――気がした。

「お、お前⁉」

「やあ、さっそくまた会ったね、コナン・ワトソン」

「なんでここに！　それに、名前！」

「なんだい、僕のこともアーサーで良いと言っただろ？　あと、なんでここにという問いに答えるなら、僕の家がここだからだよ。正確には、三階の部屋が、だが」

答えながら青年――アーサーは、ずかずかと階段を上る。とっさに部屋に引っ込んだコナンの右手を、かっさらうようにつかみ、握手した。

「よろしく、ご近所さん。急用ができたので、また今度」

一方的に告げたあとは、コナンなど見向きもしないまま階段を駆け上がっていった。コナンは階上に消えるアーサーを呆然《ぼうぜん》と見送った。

しばらくして、階段の下、一階の廊下にスタンフォードが顔をのぞかせる。

「……あー……挨拶は済んだみたいだね。彼が三階の住人、アーサー・ホームズだ」

なんとも言えない苦い顔で、スタンフォードが説明する。コナンは大家をマジマジと見下ろしたのち、もう一度階上を見上げた。

　それが、コナン・ワトソンにとって二度目のロンドン生活の幕開けだった。

## 2

「……つまり、この方法ならごく少量のヘモグロビンでも沈殿させることが可能で、だから旧来の方法よりも大幅な時間経過後でも、ということはつまり……」

　要人暗殺の指令書でもにらむかのように険しい顔つきで医学書を読んでいたコナンが、突然ピクリと読解を停止して、あごを上げ、天井を見上げた。

　頭上から聞こえていた高い作動音が消失したのだ。

　直後、わっ、とか、ああ、といった悲鳴が漏れ聞こえ、
　バンッ！

と何かが爆発する音が響いて、建物が微かに揺れた。

本日二度目だ。

「……『確率的には無視して良い範囲』……とか言ってなかったか、おい？」

ロンドン暮らしをスタートして一週間。コナンはうんざりとため息を吐いた。

それから数分は静寂が戻ったが、しばらくして、今度はヤケクソ気味の騒音が――当人曰《いわ》く「音楽」が――聞こえて来た。コナンは思わず髪の毛を掻《か》き乱す。

およそ自然界には存在しないだろう異質な「音色」は、弦の振動を電気信号に変換し増幅させたものらしい。上階の住人が作った発明品による演奏だった。彼の多弁な解説によれば次世代の主流となるだろう「画期的な電気式ギター」らしいが、仮に今後世の中の音楽が「画期的な電気式ギター」に支配されるのだとすれば、長生きしようという気がそがれる。なんなら、他人を長生きさせるべく医学に邁進《まいしん》する意欲まで失《う》せてしまいそうな代物である。

その怪しげなギターが奏でる「ギュイイィーン」としか表現しようのない音色に、コナンは荒々しく舌打ちした。

「『気になること』ね。まったく、ずいぶん控え目な表現だ！」

一時コナンが気を揉《も》んだ「謎」も、わかってみればなんのことはない。新しくやってくる住人の情報を、大家のスタンフォードから聞いていただけのことだった。コナン・ワトソンという名前や、医者になるべくロンドンに来ることも、単に事前に知っていたのだ。おそらくは、見るからに田舎出の若い男があたふたしながらモンタギュー街を目指しているのを見て、彼が新たな住人のコナン・ワトソンその人だと当たりを付けたのだろう。それをわざわざ秘密めかしてもったいぶる辺り、実に人が悪い。同じ屋根の下に住む「ご近所」としての印象は最悪だった。

「うん、まあ、下宿人に対してこんなことを言うのはなんだが、あまり関わらない方が良いよ。隣人と適度な距離感を保つことは、ロンドンじゃ当たり前の話だ」

とはスタンフォードの言だが、こちらがそのつもりでも頭上から降り注ぐ騒音を浴びながらでは、都会の作法も虚《むな》しいだけだった。

　そしてまた、面と向かって抗議しても、口先では敵《かな》わないのが癪《しゃく》に障るところだ。客観的に見て非があるのは明らかに向こうのはずだが、この一週間に幾度か決行した抗議は、悉《ことごと》くなあなあに済まされてしまっている。まったくもって始末に負えなかった。

　アーサー・ホームズ。

ロンドンに来て早々、とんだ変人と縁が出来たものである。

「忌々しい……」

楽器演奏という名の騒音は、いつ終わるとも知れぬまま続いている。コナンは呪いと諦観の愚痴をこぼして、大英博物館の図書室に逃げるべく椅子から立ち上がった。

部屋のドアがノックされたのは、そのときだ。

騒音は継続中。とすれば、ノックした人物は一人しかいない。

「やあ、ミスター・ワトソン。今日もまた独演会が始まったみたいだし、気晴らしに午後の紅茶《アフタヌーン・ティー》はどうかな？」

ドアを開けた廊下には、にこやかに笑う大男が立っていた。

被害者の会の先輩に、コナンは苦笑して、

「はい」

と応じた。

＊

わざわざ誘うだけあって、スタンフォードが淹《い》れた紅茶は、これまでコナンが経験してきた中でも最上級の味わいだった。ここを下宿先に決めて良かったと思える、数少ない利点のひとつだ。

「それだけ美味《おい》しそうに飲んでもらえると淹れた甲斐《かい》があるよ。アーサー君なんか冷えてようが熱湯だろうがお構いなしだ。口に入れるときだって、煮沸された安全な水分としか思ってないんじゃないかな」

「冗談めかしてスタンフォードは言ったが、案外的を射ている気がする。意味不明の巨大な情熱を見せる傍ら、関心がないことには徹底的に無関心なのがアーサーだ。たかだか知り合って一週間のコナンだが、それでも何かの会話の折に触れた地動説——コペルニクスの、「あの」地動説だ——を「何それ？」と言われたときには、唖然《あぜん》と口を開けたものだ。

——ああ、いかん、いかん。

せっかく騒音を逃れて優雅に午後の紅茶《アフタヌーン・ティー》を楽しんでいるのに、あの男の顔が浮かんでは台無しだ。とはいえ……スタンフォードとの共通の話題となると、どうしてもアーサー絡みになってしまう。それだけ話の種には事欠かない証拠だが、いまはとにかく気分ではなかった。コナンは他の話題を求めて、視線を巡らせた。

スタンフォードの部屋は、質素というか合理的だった。必要な物が必要なだけ置かれている印象だ。そのおかげで独身男の部屋としては十分片付いていた。唯一、窓際のテーブルの上に新聞が山積みになっているが、他はさっぱりとしたものだ。

もっとも、物にはこだわる性格らしく、数少ない調度品は、どれも上質に見える。この茶器なども、案外値段を聞けば仰天するような品なのかもしれない。

「そう言えば、今日で君が来て一週間だね、コナン君」

「『君』付けは止めて下さい」

「ああ、そうだった。けど、そんなに嫌かい？」

「落ち着かないので……」

「ふうん。まあいいさ。それで、どうかな？　少しは慣れたかい？」

「そうですね。隣人以外は」

「それが僕の方じゃないことを祈るよ」

おどけるように言って、スタンフォードはウィンクする。

皿に盛ったスコーンをつまみながら、

「まあ物は考えようさ。生まれも育ちもロンドンの僕から見ても、あれほどの変わり者は他に知らない。彼に慣れることができれば、ロンドン暮らしも楽勝だ」

「ハードル高いですね。ロンドン……」

スタンフォードは他人事のように言っているが、実際他人事どころではないはずだ。何しろ大家と店子《たなこ》である。ある意味コナンより関係性は深いはずだし、当然被害も大きいに違いないのである。

「……大丈夫なんですか？」

「……まあ、金払いは良いからね」

こっそり尋ねるコナンに、スタンフォードは目を逸《そ》らしつつ答える。

自分と同世代の若い自称発明家は、まさか儲《もう》かっているのだろうか？　それとも実家が資産家なのか？　割の良いバイトの口があるなら、紹介してもらいたいところだが――いや、絶対ろくな事にならないに決まっている。何より、ああいう人間には不用意に近付かないに限る。

と、そこでふと疑問を思いついた。

「そう言えば、俺の前の住人は、『あれ』も平気だったんですか？」

コナンの問いに、スタンフォードは「ああ」と一瞬だけ言葉を濁した。

「元々仕事の関係で部屋を空けがちな人だったからね。いつも忙しそうであまり込み入った話をしたことはなかったんだけど、ある日突然出先からの電報で、解約するから荷物は処分して欲しいって連絡が来たんだ」

「な、なるほど、都会っぽい……でも、それならあいつは関係ないのか」

「ちなみに、電報が来たのは、彼が例のギターを完成させた次の週だった」

「…………」

マジマジと見つめるコナンと、再び目を逸らすスタンフォード。表面上人が好いが、実はこの男も大概なのかもしれない。狭くていいからもっと安い場所という将来的選択が、より身近に迫った気がした。

　そんなコナンの心変わりを察したのか、スタンフォードは慌てたように続ける。

「とにかく、まだ一週間だ。いまは来月から始まる大学の方に集中すべきだよ」

「その通りですが、集中できなくて困っているのが現状で……」

「ここはほらっ！　大英博物館も近いし」

「……そーですね」

　コナンの返答に熱意が欠けていたとしても無理からぬことだろう。二人は顔を見合わせながら、都会的社交上の笑みを交わす。コナンはスコーンにジャムを塗って囓《かじ》り、スタンフォードは太い指先でカップをつまんで紅茶を啜《すす》った。

　と――

　玄関を叩《たた》くノッカーの音が聞こえた。続いて、「ミスター・スタンフォード！」という呼びかけ。

　スタンフォードが顔色を変える。

「おっと、しまった。そう言えば今日だったな。すまない、コナン君。外出する用事ができた。こちらから誘っておいて誠に申し訳ないんだが――」

「『君』付けは……まあ、構いませんよ。お茶、ご馳走様《ちそうさま》でした」

恐縮するスタンフォードに肩を竦めて応じ、コナンは食べかけだったスコーンの残りを口に放り込んだ。元々、大英博物館に向かう予定だったのだ。スコーンを咀嚼《そしゃく》し飲み込みながら、コナンは席を立ってスタンフォードと共に部屋を出る。

スタンフォードが玄関を開けると、目の前に来訪者が立っていた。身なりの良い初老の男。知らない顔だ。コナンはとっさに会釈したが、向こうは無関心に一瞥《いちべつ》しただけだった。スタンフォードが鍵を掛け、男と連れだって歩き去る。コナンは少しの間二人を見送ったあと、大英博物館を目指して歩き出した。

夏の陽射《ひざ》しが眩《まばゆ》い午後。

いつの間にか、三階から響いていたギターの音色は止《や》んでいた。

*

大英博物館設立の契機となったドクター・ハンス・スローンは、博物学者にして古美術収集家として知られる一方、本業は医者であったらしい。だからどうというわけではないのだが、本来場違いなこの場所に、少しだけ親近感が湧く気がした。

何しろイギリスの叡智《えいち》の中心である。

特にいまコナンがいる円形閲覧室は、「智」と「美」が同居する荘厳な場所だ。ドーム状の天井は中心部に天窓があり、さらに壁際には背の高い窓が周囲をぐるりと円状に囲んでいる。

そして、窓の下の壁を埋め尽くす、無数の書架と収められた書物。

この空間自体が一種の芸術品だ。いまも、ガラス越しに差し込む落陽が少しずつ夜の群青色に染まり行く様子は、筆舌に尽くしがたかった。

「以前は、存在すら知らなかったのにな」

頭上の光景を見上げながら、コナンはつぶやく。路上で生きていた幼い日々を思うと、こんな場所にいることが、まるで夢か幻のようだ。

また、それを言うなら、ずいぶんとやんちゃをしていた自分が、兄の死後一念発起して医者を目指していること自体冗談みたいだった。田舎で喧嘩《けんか》に明け暮れていたころの自分なら——それを苦笑しながら見守ってくれた兄ならともかく——絶対に信じないだろう。

人生、何が起きるかわからない。ただ、どうやらコナンの人生は、他の多くの人々よりは幾分波瀾万丈《はらんばんじょう》なものであるらしかった。

「まあ、このあとは無難に平和的であって欲しいものだけど」

そう独りごちたころには、すでに日も落ちていた。結局勉強はあまり進まなかったが、少なくとも気分転換はできた。コナンは、むっ、と大きく身体を伸ばすと、読んでいた医学書を棚に戻して大英博物館をあとにした。

帰りは少し遠回りをして、屋台で夕食にフィッシュ・アンド・チップスを買い込む。手軽に軽食が買えるのも、都会のありがたい点だ。

熱々のフライを頰《ほお》張《ば》りながら帰路についたが——

「……うん？」

家の前が妙に騒がしかった。ちょっとした人だかりができている。

とっさに想像したのは、三階の惨事だ。今日の爆発は知る限り二度起きたが、三度目が悲劇を生んだ可能性は無視できない。コナンはさっと青ざめながら駆け出した。

玄関の外には、警官と話すスタンフォードの姿があった。

向こうもこちらに気付いたのか、

「ああ、コナン君！」

と顔を向けた。

その顔色が酷く悪い。コナンは悪い予感に胸中を乱した。

「息はありますかっ？」

「――は？　え、なに？」

「アーサーです！　これでも医者の卵だ。何かやれることがあるなら――」

「ま、待ちなさい。なんで、彼が？　いや、彼は無事だよ。もちろん。まあ、いまは事情聴取を受けているけど」

　無事と聞いて頭が少し冷静さを取り戻す。てっきりアーサーの発明品が暴発したのだと思い込んでしまったが、早とちりだったらしい。

だが、だとすればこの人だかりや警官はなんなのか？

それに――

「――『事情聴取』？」

「そう。けど、そんなことはあとでいい。問題は君の方なんだ。いいかい？　気を落ち着けて聞いて欲しいんだが……どうも我々の部屋に空き巣が入ったらしいんだ」

「……は？」

　予期せぬひと言に間抜け面を浮かべる。が、すぐに事態の深刻さを理解して、コナンは顔面蒼白《そうはく》になった。

「鍵はしました！」

「うん……けど、残念ながら……」

口を濁すスタンフォードを見て、コナンは――警官の制止も振り切って――建物に飛び込むと、そのまま階段を駆け上がって二階の自室に走り込んだ。

部屋には警官が二人いた。飛び込んで来たコナンにぎょっとして振り返り誰何《すいか》したが、コナンはそれどころではなかった。

とっさの印象では、部屋が荒らされた様子はなかった。何しろ、物が少ない。荒らしようがないのだ。だが、少ないからといって、大切な物がないわけではない。コナンはベッドに走り寄ると、手にしていたフィッシュ・アンド・チップスの袋を投げ捨て、ほとんど頭から飛び込むように這《は》いつくばってベッドの下を確認した。

ない。

そこに置いていたはずのトランクがなくなっていた。

コナンの全財産が入ったままのトランクだ。

ざああ、と全身から血の気が失《う》せる気がした。気絶しそうになるが、踏み留《とど》まった。弾かれたように跳び上がると、警官たちの制止に耳も貸さず、部屋中を捜し回った。とはいえ、捜す場所など数えるほどもない。何しろトランクだ。隠そうにも、隠せる場所が存在しない。

すぐに、コナンは部屋の中央で棒立ちになった。

「……嘘《うそ》だ」

突きつけられた現実を許容することができず、コナンは呆然《ぼうぜん》とつぶやいた。

トランクの金は、コナンの将来を支える資金だった。死んだ兄が残してくれた金だ。怒りと、それを上回る、経験したことのない後悔が全身を押し潰した。

「……いや」

駄目だ。後悔に押し潰されている場合ではない。取り戻すのだ。犯人を見つけねばならない。ロンドン中を虱潰《しらみつぶ》しに捜してでも、兄の金を取り戻すのだ。

だが、どうやって？

血管が破裂しそうなほどに、頭の中が高速で回転する。しかし、思考は空転していた。有効な行動が何ひとつ思いつかなかった。

煮えたぎる焦燥が身体中《からだじゅう》を駆け巡る中、コナンは意識せぬまま部屋をうろつき、視線を彷徨《さまよ》わせる。

その視線が、ある一点に止まった。

部屋の壁。

自室の部屋の壁に、見覚えのない印《しるし》があった。

赤黒い、ぬるりとした液体で、素早く書き殴られた紋様。

濁った、緋色《ひいろ》の紋様。

なんだ——と思ったときだ。

「コラッ、放せ！　だからそれは違うと言ってるだろ！」

「はいはい——話はゆっくり聞いてやるから、とにかく来い。すぐに済む——って、暴れるな！　ったく！」

廊下から声が聞こえた。

ドスンドスンと乱暴に階段を踏む靴音。次いで、開け放たれたままのドアの向こうに、ひょろりとした背の高い中年男性の姿が現れた。

痩せたのっぽな外見に反して身体が鍛えられているらしいことは、その肩に人ひとりを担いでいることからわかる。担がれているのは——暴れるアーサーだった。突然のことに、コナンは目を丸くした。

その視線に気付いたのか、長身の男が部屋に視線を向け、コナンに気付いて、おっ、と表情を改める。

「そこのあんた。ひょっとして、この部屋の住人か？　コナン・ワトソン？」

「そ、そうです。いったい……」

「なら、話が早い。このトランクに見覚えがあるか？」

　そう言って男が突き出したのは、まさに、コナンが捜していたトランクに間違いなかった。

　ただ、トランクは鍵が壊され開けられており、中身は空だ。

「俺のだ！　中は⁉　金が入っていたはずだ！」

「中身はこれから、こいつに聞く」

「僕だって知らない！　見つけたときには空だった。裏の路地に落ちていて――見覚えがあったから念のために拾っただけだ！」

「だから、その辺の話は市警《ヤード》で聞いてやる。やましくないなら暴れんな」

「本当なんだ！　信じてくれ、コナン・ワトソン！」

「はいはい――ああ、あんたも一緒に来てくれ、ミスター・ワトソン。酒場《パブ》が開いてる内に済ませたいんでね。ちゃちゃっと終わらせよう」

　そう言うと、男はコナンに向かって、開いたままのトランクを放り渡す。そして、再び暴れるアーサーに難儀しながらも、彼を抱えたまま階段を下りていった。空のトランクを受け取ったコナンは、呆然と二人を見送った。

# 3

男の名は、クラウス・レストレードといった。スコットランド・ヤードの巡査部長らしい。

取り調べでの態度は横柄というか適当だったが、田舎の警官に比べればずっと理知的ではあるように感じた。少なくとも、あくまで当人の自白を待つ姿勢だけでも十分理知的だ。警官の独断専行が当たり前だった地元《ダラム》なら——たとえ「解決」はしないにしても——事件はとっくに「終わって」いる。

とはいえ、都会の巡査部長も、いい加減面倒ではあるようだ。

「ぶっちゃけ、もうこれ、決まりだろ？　なあ、ミスター・ホームズ。聞けばミスター・ワトソンの貯金は結構な額だ。この短時間に使い切ったとも思えんし、どこかに隠してるんだろ。な？」

そう告げる声は刺々《とげとげ》しく、「イエス」以外の返答を望んでいる様子は皆無だった。

ロンドン警視庁本部。通称、スコットランド・ヤード。

元はウェストミンスターの一地区にある二階建ての建物だったが、ロンドンの人口増加と、それに伴う犯罪数の激増に伴い、現在では周囲の建物も庁舎として使用されている。

コナンたちがいるのは、その内の一室だった。

本来なら取り調べの現場に被害者のコナンがいる必要はないのだが、強く頼み込んで同席させてもらった。被害者という意味ではスタンフォードも同様ながら、彼の方は被害は軽微だったらしく、今朝もひたすらコナンを案じていた。

事件から一夜。

昨夜始まった取り調べも、中断を挟んで日を跨《また》ぎ、気がつけばすでに正午を回っている。

残念ながら、進展はないままだ。

「虚偽を通せると思ってるなら、甘過ぎだぞ、ミスター・ホームズ。こうしてる時間も不毛の極みだ。早いとこ金の隠し場所を言え」

葉巻をぷかぷかと吹かしながら、クラウスは机越しにアーサーをねめつける。

犯人が空き巣に入ったのは、昨日の午後。コナンとスタンフォードの午後の紅茶《アフタヌーン・ティー》の後だ。裏口と一階、二階の鍵が壊されており、スタンフォードとコナンの部屋が被害に遭った。犯行時刻、二人は外出しており、外出先での目撃情報もある。

対して、アーサーは三階の部屋に籠もり、独りで仕事をしていたという。三階だけ無事だったのは在室していたからだ、というのが彼の主張だ。ただ、ずっと籠もっていたわけではなく、途中一度だけ気晴らしに散歩に出たらしい。トランクを見つけて持ち帰ったのはその帰り道なのだそうだが、生憎《あいにく》散歩時は誰とも会っておらず目撃証言もなかった。

ちなみに、アーサーの発言通りトランクが外に捨てられていたのだとすれば、犯行が起きたのは、それより前――つまり彼が在宅中だったことになり、彼は仕事に集中するあまり階下で行われていた犯行に気がつかなかったということになる。さらに言えば、散歩に出たときは玄関から出入りしたため、裏口の鍵が壊されていたことにも気付かなかった、とのことだ。

現場不在証明《アリバイ》がなく、物証《トランク》があり、在宅中に起きた犯罪や、その痕跡にも無反応。

冷静に、客観的に見て、容疑者として扱われるのが当然の状況である。

しかし、すでに何十回と繰り返されて来た似たような勧告に対し、アーサーの返事は変わらない。

「不毛だという点は賛同するが、他はお話にならないな。さすがに飽き飽きしてきたが、仕方がないからもう一度繰り返すぞ？　僕は、無実だ。こうしている間にも、真犯人は遠くに逃げている。もしくは奪った金で豪遊しているに違いない。そういう意味では、不毛どころか有害だ。いい加減、まともな捜査を開始したまえ」

うんざりとした面持ちで、アーサーはクラウスをにらみ返した。そんな二人の様子を、同席するコナンは無言のまま見つめている。

ひと晩勾留されたアーサーは当初大いに憤慨していたが、いまはさすがに疲労の色が見える。徹頭徹尾自らの無罪を主張し、一方でスコットランド・ヤードの――もっと言えばクラウスの――怠慢を非難し続けていた。

アーサーの言い分をひと言でまとめれば、「動機がない」ということになる。

わざわざ他人の、それも階下の住人の金を盗み、そのトランクを自室に持ち込むなど、不合理だというのである。実際、こうして真っ先に容疑者として拘束されているのだから、確かに不合理な――馬鹿な真似《まね》をしたということになるだろう。「金払いが良い」というスタンフォードの証言を信じるなら、危険を冒してまでコナンの金を盗む必要はないように思えた。

ただ、それはあくまで「常識的に考えれば」だ。

そして、ロンドンの貧民街で生き、ダラムのストリートで暴れていたコナンは、犯罪のほとんどすべてが「非常識な考え」に基づいて行われることを知っていた。アーサーの言う「不合理」にせよ、本来はアリバイを作り、トランクも処分する予定が、アクシデントでかなわなかっただけなのかもしれないのだ。

アーサーにどんな言い分があろうと、トランクという物的証拠があり、犯行時に現場の側にいた事実がある以上、彼が犯人である可能性が高いことは揺るぎなかった。

　さらに、容疑が強まる点は、もうひとつあった。

「いい加減にしろってのは、こっちの台詞《せりふ》だ。ほれ。この本。お前さんの部屋で見つかったこいつらは、どうなんだ。ええ？」

　クラウスはそう言って、机の上に置かれた数冊の書物をバンバンと叩《たた》いた。

　アーサーが拘束されたあと、彼の部屋には捜査の手が入った。ただ、部屋が部屋だ。聞くと、彼の発明品らしき謎の器具や、その材料らしい怪しげな部品、解読不可能な図面が書かれた紙束が散乱していたらしい。おまけに、至る所に焼け焦げた跡があり、発明品の中には稼働中の物もあったそうである。警官たちの捜索は、魔境の探索さながらだったはずだ。

　ただ、丸ひと晩をかけた捜索でも、盗まれたコナンの金は見つからなかった。

　代わりに見つかったのが、クラウスが示している数冊の書物である。

「全部東洋の本らしいが……ここに書かれてる文字。こいつは、ミスター・ワトソンの部屋にあった壁の紋様――あの血文字と同種のものだろ？　蛇がのたくったみてえな、妙な文字だ。なんて書いたのかは知らねえが、壁の紋様を書いたのも、お前さんなんだろ？　ん？」

空き巣の被害に遭ったコナンの部屋の壁に残されていた紋様。

あの紋様は、どうやら血で印《しる》されたものだったらしい。調査により、東洋の文字らしいということもわかっている。

そして、同じく東洋の文字で書かれた書物が、アーサーの部屋から見つかったのだ。少なくともクラウスたち《スコットランド・ヤード》の間では、これがアーサー犯人説の決定打となっていた。

もっとも、当のアーサーはへこたれない。

「あのな、警部」

「巡査部長だ」

「なら、レストレード巡査部長。世の中、東洋の文字なんか、さほど珍しいものではない」

「ほお、そうかい？　俺は見たことがないがね」

「それは単に、視界に入っても気付いていないだけだ。第一、僕が所持していた本は、サクラダイトの研究のために取り寄せたものだぞ？　むろん、サクラダイトのことはわかるだろ？　本邦で言う『賢者の石』だ。疑う余地なく次世代の産業の根幹を成す資源と言っていい。生憎、サクラダイト研究では我らがイギリス共和国は隣国神聖ブリタニア帝国に大きくリードを許しているが、いまなら彼らに追随し凌駕《りょうが》することは不可能では——話が逸れた。で、そのサクラダイトの別名が『桜石』といって、これは東洋のニッポンにおける呼び名なのだが、つまりあの書物はニッポンの桜石に関する文献であって、中でも注目すべきはこの桜石が特に多く産出する山がニッポンでは霊峰とされている点だ。あるいはこれは、かの国では桜石の持つ特殊性が古くより判明していた証拠である可能性に――」

「ストップ！　もういい、わかった。いや、はっきり言うとちんぷんかんぷんだが、とにかく、もういい。必要なことはわかった。要するにお前さんは、あの本は現場に残されていた紋様とは無関係だと言いたいわけだな」

止めどなく喋《しゃべ》り出すアーサーを制し、極めて簡潔に要約するクラウス。ちゃんと話の本筋を忘れない巡査部長を、コナンは内心見直した。

一方、アーサーは不服そうな顔をのぞかせたが、すぐに同意して首肯する。

「あれらの本が空き巣事件の解決に寄与するだなどと、およそ見当外れだよ、巡査部長。専門家を呼べば、すぐにわかる。いや、専門家でなくとも、ニッポンの文字が読める者がいれば、ただちに判明するだろうさ」

アーサーは悠然と言って、椅子の背もたれに身体を預けた。

さらには、ふん、と鼻を鳴らし、

「第一、意味がわからない。なんだって空き巣に入った部屋に、わざわざ印を残していくんだ？　誰に、何を、伝えたかったというんだい？」

容疑を掛けられているとは思えない、太々《ふてぶて》しい態度だ。さりとて、開き直りとも見えない。本当に無実なのかもしれないと、つい考えてしまうような様子だった。

しかし、現状ではアーサー以外に容疑者はいないのである。

――兄さん……。

コナンは静かに奥歯を嚙《か》み締《し》めた。

すると、クラウスが盛大にため息を吐き、わしゃわしゃと髪を掻《か》き乱した。

「ったく……嘘《うそ》を吐いてるように見えんのが、なんとも最悪だ。正直、お前さんが『そう』であってくれりゃあ、諸々《もろもろ》いっぺんに片付いて万々歳で祝杯にありつけるんだが」

誰にともなく苦々しく吐き捨てるクラウスに、コナンがぴくりと反応した。彼の言い草が、少し引っかかったのだ。

「……巡査部長？『諸々いっぺんに』というのは、なんですか？　今回の空き巣に、他に何か関連することでもあるんですか？」

コナンの問いかけを受けて、クラウスは「あん？」と横目ににらむ。

それから思い出したように、

「ああ、そういや、ロンドンに来たのは一週間前って言ってたな。こっちじゃちょっとしたニュースにもなったんだが……知らなかったか？　お前さんの部屋にあった紋様は、半月前に起きた他の空き巣現場にも書かれてたんだ。それこそ、モンタギュー街からは目と鼻の先にある場所さ」

「なっ、他にも？」

コナンは目を剝《む》いたが、同時に、引っ越してすぐのスタンフォードの台詞を思い出していた。確か彼も、「近くに空き巣が入った」と言っていたのだ。だから、戸締まりに気を付けろ、と。

「え、それはつまり、どういう――他に犯人がいるってことで――ああいや、そちらの空き巣もアーサーが犯人だと？」

さっきまでは「金払いが良い」からこそコナンの金を盗む必要がないと思っていたが、仮にアーサーが常習犯だとすれば、「だからこそ」金払いが良かったのだとも考えられる。というより、意味不明の発明家の羽振りが良い可能性などより、盗人《ぬすびと》だからという理由の方が遙《はる》かに腑《ふ》に落ちるというものだ。

「お前……！」

コナンが眦《まなじり》を決してアーサーをにらみつけた。

が――

視線に込めた怒りは、すぐに消し去られた。

そのときアーサーは、

「――なんだ。そういうことか――」

まるで、お化けの正体が洗濯物のシーツだったことを知った子供のように、妙に澄んだ瞳で、あっけらかんとしていたのだ。

その、酷く無防備で、他意のない表情を見た瞬間、

――……ああ。

理屈ではなく、コナンは理解した。

アーサーではない。

この男は、嘘を吐いていない、と。

ただし、アーサーの台詞の意味は、まったく理解の外だったが。

「どうしたよ？　まさかお前さんも知らなかったのか？」

「世俗の些事《さじ》には疎くてね。もっとも、こんなことならもう少しぐらいは、ゴシップ誌にも目を通すべきかもしれないな」

アーサーはそうつぶやくと、「ふむ……」と左手で右肘を抱え、右手の人差し指を伸ば

して唇に添えた。そのまま、視線が宙を彷徨い、目の焦点が失われる。

なんだ、とコナンは思ったが、何か声をかけるのが憚《はばか》られた。

ぼんやり呆《ほう》けているように見える一方、逆に、恐ろしく集中して思考を巡らせているようにも見える。クラウスも毒気を抜かれた顔で口をつぐみ、じっとアーサーを見守っていた。

やがて、

「……レストレード巡査部長。現場の保持はどうなってる？　いまもまだ警官は残ってるかい？」

「あん？　そりゃまあ、昨日の今日だしな。厳重に見張っちゃいるが——」

「結構。なら……まだ望みはあるな。ついでに、こちらから仕掛ける余地がある」

「……なんの話だ？」

「真相の話さ」

さも得意げに答えると、アーサーはニヤリと笑って、唐突に宣言した。

「真犯人を捕まえよう。コナン・ワトソン。君の金を取り戻すぞ」

## 4

霧が出ていた。

夜も更けた深夜零時。男は、膨らんだ布袋を両手に抱え、周囲に注意を巡らせながら、足早に玄関を出た。石畳を踏んでくぐもった足音を響かせながら、真《ま》っ直《す》ぐに待ち合わせ場所を目指す。

人気はない。聞こえてくるのは、どこからか聞こえる犬の遠吠えと、自らの足音のみ。大都市ロンドンとは思えない静寂の中を、男は無言で進む。

訪れたのは大英博物館だ。偽造した合鍵で中に入り、円形閲覧室に入る。

無人の閲覧室は、まさに神域さながらだった。天窓から降り注ぐ月光が、その神秘さを際立たせている。男は唾を飲み、閲覧室の中央に歩み寄った。そして、辺りを憚《はばか》るような声で、ひそやかに呼びかけた。

「――おい。来たぞ」

応えて、月光の照らす中に、もう一人の男が姿を見せた。コナンがいれば息を呑《の》んだだろう。見覚えのあるその男は、空き巣事件のあった日に見た身なりの良い初老の男だった。

「……市警《ヤード》は？」

「大丈夫だ。夕方には見張りもいなくなった」

「ふん……まあ、こちらとしては金さえ返すなら、他はどうだっていいがな。とはいえ、昨日同席していたという偽証の分は……」

「それも含めて、これで全部だ。借りた分は利子も含めて問題ないな？」

「確認してからだ」

「この期に及んで誤魔化《ごまか》したりしないさ。それより、これで借金は消えたわけだし、また少し融通してもらえるよな？」

「またか？　懲りないな。返済の当てはあるんだろうな？」

「なんで負けることが前提なんだ」

「自分の胸に聞け」

「くそ……とにかく、問題ない。仮に負けたとしても、金づるはもう一人いる」

「そのもう一人とやらは、現在、この件の容疑者として拘束されているはずだ」

「なっ、なんで——!?」

「なんで？　お前は馬鹿だが、俺は馬鹿ではないからだ。その様子だと、この展開は想定外らしいな。とにかく、金を借りたいなら、他の担保を出せ。もしくは——またどこかから盗んでくればいい。今回の件は愚図《ぐず》のお前にしては上出来だ」

「そんな上手《うま》くいくわけがないだろ。今回は偶然――」

「うん。その辺の話を詳しく聞かせてもらおうか」

閲覧室に響く第三の声に、二人の男はそろって息を呑む。もっとも、初老の男は素早く表情を消して身構え、もう一人は布袋を抱えながら泡を食って周囲を見回した。

ブウンッ、と機械の駆動音が鳴り響く。

閲覧室に眩《まばゆ》い光線が放たれる。

ガス灯の光でも、蠟燭《ろうそく》の火でもない。サクラダイトを利用した「電気」の照明だ。光線に照らし出された男たちが、片方は呻《うめ》き声をもらし、片方は舌打ちしながら手を上げて光を遮った。

「どうだね、コナン・ワトソン？　レストレード巡査部長も！　この圧倒的光量を見たまえ。これこそが次世代の光輝だ！」

「……なるほど、よく見えるが、別にランタンで良くないか？」

「馬鹿な！　たとえ反射鏡を付けたとしても、明るさは段違いだろう⁉」

「この、クソ重くてでかい機械を持ち運ぶぐらいなら、ランタンを選ぶ。厳然たる、利便性の差だ」

「クッ⁉　……確かにサイズや重量に関しては改良の余地を認めざるを得ない……か……」

さも悔しげに唸《うな》るアーサーを余所《よそ》に、クラウスと彼の部下たちは、ただちに二人の男を包囲する。

　クラウスは初老の男に向かって視線を定めた。

　皮肉気に唇を曲げ、

「よお、シャーマン。相変わらず手広くやってるみたいだな」

「……レストレード。アル中《へべれけ》のお前がこんな時間にご苦労なことだ」

「お前さんもしょっぴけるなら、こっちとしちゃあ上々なんだがな？　自慢の舟が借金のかたに持ってかれたって、ジェイコブソンの旦那が嘆いてたぜ？」

「そんな下手を打つと思うか？　舟の件は真っ当な取り引きの結果だし、この愚図の……ああ、アリバイの件なら、偽証したのは部下だ。連れて行け。もっとも、昼の内にロンドンを出たから、戻るのはだいぶ先だが」

「んな手間かけるかよ。どうせ上から茶々が入るんだろ？　ほんと、手広いことだよ」

クラウスは、取り調べでは見せなかった鋭い半眼をのぞかせていた。その相手の、初老の男――シャーマンは、警官隊に包囲されているというのに、怯《ひる》む様子がまるでない。その肝の据わった態度は、いかにも悪党然としている。

もっとも、アーサーとクラウスに同行して来たコナンの視線は、もう一人の男の方に張り付いたまま動かなかった。

事前にアーサーの口から真相に関する推理は聞かされていたが……いざこうして目の当たりにすると、すぐには言葉が出てこない。

それでも絞り出すように、

「……スタンフォードさん……あなたが……」

悔しげな――また、それ以上に悲しげなコナンの声に、巨漢の大家は為《な》す術《すべ》もなくうな垂れ、顔を伏せている。両腕から力が抜けて、抱えていた布袋が落下。口が開き、中から札束がこぼれ出た。

その後、警官たちに拘束され、連行される間、スタンフォードは一度もコナンの顔を見ようとはしなかった。

＊

「結局、スタンフォードは全部証言し《げろっ》たよ。ま、盗んだ金を後生大事に抱えてたんだから、言い逃れのしようもねえわな。ミスター・ホームズ。全部お前さんの推理通りだった。よくぞ見抜いたもんだな」

「大したことじゃない。要は、事前に取得していた情報の差だ。まあ、その情報が足りなかったから、不本意な嫌疑を掛けられてしまったわけだが」

翌日の午後三時。コナンの部屋には彼以外にアーサーとクラウスの姿があった。一脚しかない椅子にはアーサー。クラウスは立って壁に寄りかかったままだ。

コナンはベッドの端に腰を下ろしていた。その隣には愛用のトランクが置かれている。鍵はまだ壊されたままだが——中には取り戻した金が収められていた。

「ジェファーソン・スタンフォードは借金で首が回らなくなりつつあった。ああ見えて実は競馬狂いでね。コナン・ワトソン。君はよく午後の紅茶《アフタヌーン・ティー》に付き合っていたし、彼の部屋に《ピンク・アン》が山積みになってるのは見たことがあるんじゃないか？」

「《ピンク・アン》？」

「競馬新聞だよ。《スポーティング・タイムズ》のこと」

そう言われて、コナンはスタンフォードの部屋にあった新聞の山を思い出した。小綺麗《こぎれい》な彼の部屋に、唯一あった無秩序――執着の痕跡だ。

「おかげで我らが大家は、あまり質の良くない筋からも金を借りていた」

「……あのとき一緒にいた老人のことか？」

確認するコナンに、「ああ、そうだ」と今度はアーサーではなくクラウスが答えた。

「サム・シャーマンっていってな。暗黒街に片足突っ込んでる金貸しだ。賭場の胴元もやってるが、奴《やつ》とつき合いがある時点で、焼きが回ってる証拠みたいなもんさ。ま、今回は盗んだ金をわざわざ持参して来てくれたわけだから、話が早かったがな」

そう言うと、いつの間にか取り出していた私物のスキットルに、楽しそうに口を付ける。事件が解決した祝杯ということらしい。まだ昼間――というより勤務中のはずだが、少なくともクラウス本人に気にする様子は微塵《みじん》もなかった。

「もっとも、もう一件の空き巣に関しちゃ、頑として認めねえ。そっちも片付いてくれれば、御の字なんだがな」

「すでに説明したが、そちらの事件はまず間違いなく、ジェファーソン・スタンフォードとは無関係だよ。『前の住人』を追った方が生産的だ。とはいえ、これもまたすでに供述したことだが、生憎《あいにく》僕は彼とはほとんど接点がなかったし、手掛かりが残されている可能性も極めて低いと思うがね」

　素っ気なく告げるアーサーに、

「そうかい。ま、ぼちぼちやるさ」

　と返したあと、クラウスはニヤリと笑って、猫撫《ねこな》で声を出す。

「なあ、ミスター？　お前さん、妙ちくりんな発明品なんか作ってないで、市警《うち》で働く気はないか？　厚遇するぜ？」

「妙ちくりんとは失礼極まるな。崇高な発明を前に、低俗な事件捜査など——いや、低俗だろうと必要なことは今回の件で証明されたか。けど、断る。興味がない」

「向いてると思うんだがな」

「馬鹿な。僕の頭脳はあくまでも物事の道理を探究するためのものだ」

「事件の捜査だって道理の探究だろ？」

「嫌だ。外を出歩きたくない。部屋に籠もって発明する方がいい」

　取り付く島もないアーサーに、クラウスが苦笑する。コナンからすればどちらもずいぶん変わり者だが、変わり者同士、何かしら通じるものがあるのだろうか。

　結局、クラウスはそれ以上、無理な勧誘はしなかった。

もう一度スキットルを傾けると、アーサーとコナンを見やり、

「邪魔したな」

と言って、後腐れなく部屋を出て行った。

アーサーが、やれやれと息を吐く。コナンはクラウスを見送ったのち、改めてアーサーに顔を向け姿勢を正した。

「……ミスター・ホームズ」

「ん？」

「今回の件、礼を言うよ。助かった。本当に」

アーサーがいなければ、いまごろ自分は全財産を失ったまま途方に暮れていただろう。何より、兄の遺産を奪われた自分自身を許せなかったはずだ。

謝礼を述べるコナンに、アーサーは平然と肩を竦める。

「気にすることはない。僕は僕で、自分に掛けられた容疑を晴らしただけだ」

「それでも、俺が救われたことは事実だ。ありがとう。感謝してる」

「む……面と向かって言われると、些《いささ》か照れるね」

本当に照れくさそうに、アーサーは目を逸《そ》らし頬《ほお》を掻《か》く。クラウスの賛辞は当然の面持ちで受けていたが、案外こうした飾らない謝意には免疫がないのかもしれない。

「しかし……正直に言うと、いまだに信じられないよ。あ、いや。もちろん、あそこまで決定的な現場を目撃してるんだから、彼の犯行を疑う気はないんだが……」

コナンは思わず本音をこぼした。信じられない――というより、あまりにも目まぐるしい展開に、感情が追いついていないのだろう。

都会の時間は早さが違うとロンドン初日に自戒したものだが、さすがに今回の事件は想定外過ぎた。引っ越して一週間の間に、隣人に悩まされ、全財産を失い、それを取り戻したはいいが、犯人は大家だった――などと、頭ではなんとか理解できても、感情をどう処理すればいいかわからないのだ。

「スタンフォードは、初めから俺の金を狙っていたのだろうか？」

「もちろんそうだ。罠《わな》に嵌《は》める気がなければ、壁の細工が成立しない。もっとも……厳密に言えば、『初めから』というよりは、この紋様が『きっかけ』だと見るべきだろうな。この部屋に本物の空き巣が入ったときに、彼は今回の犯行を思いついた――思いついてしまったんだ」

部屋の壁に印《しる》された紋様を見つめながらアーサーが言った。コナンも同じく紋様をにらみ、彼の台詞《せりふ》に頷いた。

二人の視線の先にある、緋色《ひいろ》の紋様。

アーサーが、スタンフォードが犯人だとにらんだのは、クラウスからこの紋様が「他の空き巣現場にも書かれていた」と聞いたときだったらしい。

「簡単なトリックさ」

とは、昨日アーサーがコナンとクラウスの前で、得意がる様子もなく口にした台詞だ。

「我らが大家が東洋の文字に精通していたとは考えがたい。この紋様が書かれたのは、君のトランクが盗まれたときじゃない。もっと古く——君が引っ越してくる前だったんだ」

無論、コナンが引っ越してきたとき、壁にこんな紋様は見当たらなかった。しかし実際にはすでに存在し、「隠されていた」のである。

初めて部屋に入った際に気付いた「真新しい壁紙」。あのときの見た目——そして、その後一週間この部屋で暮らしながら目にしてきた印象に比べ、いま目の前にある紋様が印された壁紙は、いくらか色褪《いろあ》せていた。それはもちろん、この一週間で褪せたものではない。もっと長い時間を経た結果だ。

つまりスタンフォードは、元からあった壁紙に印されていた紋様を、新しい壁紙で壁面ごと覆い隠しておいたのである。そして、合鍵を使って部屋に入り、コナンのトランクを盗んだあと、上に張った壁紙を剥《は》がして、その下の壁紙と、そこに印された紋様を顕《あら》わにしたのだ。

スタンフォードは、半月前に他の現場に入った空き巣犯が、これと同じ紋様を残していたことをニュースで知っていたのだろう。そして、同じく部屋に残されていた紋様を利用し、自身の犯行をその空き巣犯の仕業に見せかけたのである。

「どうしてそんなことを……」

「そりゃあ、金に困っていたからだろう。空き巣の被害がどれぐらいのものだったのか知らないが、所詮は他人に貸すための部屋だ。市警《ヤード》に通報して運良く空き巣が捕まったところで、彼自身にうま味はない。それならいっそ、自分も空き巣をして、その罪を本物の空き巣犯に押しつけた方が得だと考えたんだろうさ」

本来のスタンフォードの計画では、スコットランド・ヤードは本物の空き巣犯を追うはずだったのだろう。ところが、彼が中身だけ取り出して廃棄したトランクを、あろうことかアーサーが拾い、部屋に持ち帰ってしまった。おかげで、アーサーに空き巣の容疑が向いてしまったのである。

アーサーが連行されたとき、スタンフォードはさぞ焦ったはずだ。ただ、連行された下宿人の推理で自らの犯行が暴かれようとは、夢にも思わなかったに違いない。

そして、現在の結果がある。いまごろスタンフォードは留置場で何を思っているのだろうか。

ふう、とコナンは重たい息を落とす。

ちらりとアーサーを見やり、

「君は……どうしてわかったんだ？」

「あれ、説明しただろ？　他にも紋様が残されていたと聞いたから——」

「だとしても、だ。スタンフォードの目論見《もくろみ》通り、本当の空き巣犯の仕業だとは考えなかったのか？」

スタンフォードが金銭的に困窮していた事実を知っていたとしても、あの段階でアーサーが、彼が犯人だと見抜いたのは驚異的だと思う。

しかし、アーサーは例によって平然と、

「考えなかったね。そもそも僕は、紋様を残した人物が空き巣目当てだったとは思わない」

「違うのか？」

「取り調べでも言ったじゃないか。ただの空き巣が、わざわざ血文字の痕跡なんかを残していくわけがない」

「空き巣じゃないとしたら、なんなんだ？」

「それはさすがに情報が足りないな。検討に足る推測は提示できないよ」

アーサーは率直に答えた。これだけ物事の筋を読み通せるなら、何かしら自らの想像ぐらい口にしそうなものだ。しかし、アーサーは意外なほど慎重だった。この慎重さがなぜ発明に活《い》かされないのか不思議である。

「なら……その犯人はなぜ、この部屋を選んだんだろう？」

「空き巣以外の目的があったとすれば、この部屋そのものか、ここに住んでいた人間に用があったと考えるのが妥当だね」

「俺の前の住人か。でも、ここに犯人が侵入したのは、彼が引っ越したあとだよな？」

「それが実は判断が難しい。彼――名はアルセニー・リードといっていたが、引っ越したのは半月前。ずいぶん急な引っ越しだったし、そもそも賃貸契約を解除したときには、すでにここを出ていたんじゃなかったかな」

「そう言えば、スタンフォードもそんなことを話してたな。いきなり出先から電報で――って、待てよ⁉　まさか、そいつがこれを書いたんじゃないのか？」

前の住人が引っ越した半月前というのは、もう一件の空き巣事件が発生した時期に重なる。

「つまり、他に空き巣に入って、そのあとすぐに逃げたんだとすれば――！」

「うん。その可能性も否定できないから、レストレード巡査部長にはそちらを調べるよう提案したのさ」

と、鼻息を荒くするコナンに対し、アーサーはマイペースに答える。

「ただ、彼が空き巣犯だとしても、わざわざ紋様を、それも自分の住んでいた部屋にまで残した意味は不明のままだ。それに、この部屋には他の人間の出入りがなかった。これがミスター・リードの書き置きだったとしても、最初に見つけるのが大家になることは予想できただろう。部屋を引き払ったあと、大家が壁の汚れをそのままにするはずがないことも」

「そ、そうだな。確かに……誰の目にも付かないなら、あえて部屋の壁に書き残す意味がないか。とすればやはり、他の誰かが引っ越しの前後に外から侵入して……あ、じゃあ逆か？ 前の住人が誰かに向けて書いたんじゃなく、誰かが前の住人に読ませるために書いたってことは？」

「その可能性がもっとも高い。だからやはり『前の住人』を捜す価値はあるんだ。とはいえ、半ば失踪するように去ったぐらいだ。そう簡単には捜せないと思うがね」

「……どんな男だったんだ？」

「さっきレストレード巡査部長に言ったろ？ 彼とはほぼ親交がなかった。僕がここに越してきてから五か月ほど経《た》つが、その間会話と言えば、廊下や階段で何度か挨拶した程度だ。君と違って、他人を寄せ付けないところがあった」

「いや、それにしても態度が違い過ぎるだろ。俺のときは馬車にまで乗り込んできたくせに」

「あのときは帰り道が同じだったから」

アーサーはあっけらかんと言った。コナンは呆《あき》れたが、そう言えばこの男は地動説を知らなかったし、空き巣の報道も無視していたのだ。関心がないことには徹底的に無関心なのである。留守がちだったという階下の隣人には、今回の事件でようやく興味を持ったところなのだろう。つくづく極端な性格をしている。

「……結局手掛かりなし、か」

「だからそう言ってるじゃないか」

コナンはため息を吐き、それから、もう一度部屋の壁を振り向いた。

いまも壁に残る、血で描《えが》かれた緋色の紋様。

得体が知れないその紋様は、やけに不吉に感じられた。

「……これ、東洋の文字だってことはわかったが、結局なんて書かれてるんだ？」

「残念ながら、まだわかってない。どうも、だいぶ崩して書かれてるみたいでね。市警《ヤード》が手配した東洋人にも判読できなかったらしい」

「その、アルセニー・リードっていうのは――」

「少なくとも東洋人ではなかったよ」

　まあ、名前からして当然だ。にしても、なんともつかみ所がない。ピースの欠けたジグソーパズルを遊ばされているような気分である。

「……ちなみに、もう一件の空き巣現場は、どんな場所なんだ」

「食料品を扱う倉庫だ。ただ……奇妙なことに、こちらも倉庫の持ち主《オーナー》は『不明』らしい」

「不明？　持ち主《オーナー》が不明ってどういうことだ？」

「そのまんまさ。空き巣の被害を訴えたのは雇われの作業員だが、驚いたことに自分の雇い主と直接会ったことはないんだそうだ。給金はしっかり支払われてたし、何かあったときの連絡先の住所も教えられていたが、いざそこを訪れてみれば、そもそもそんな住所は存在しなかったとか。レストレード巡査部長が頭を抱えていたよ」

　アーサーの説明に、コナンも頭を抱えたくなった。

　何がどういうことなのか、まったく見当も付かない。これは、自分が元孤児の田舎育ちだから――というわけではないはずだ。

　大都市ロンドン。

　かつて生きていたこの都市は、自分が想像もしなかった魔都でもあるらしい。

　もっとも……。

「頭を抱えるのは、不良警官に任せておけばいい。紋様の意味は少しばかり気になるが、読めないからって何か問題があるわけでもないしな」

アーサーは気楽に言った。コナンはすぐには納得しかねたが……確かに、彼の言うとおりなのだ。

来月には大学が始まる。医者になるためにすべきことは山ほどあった。幸い金は戻って来たのだから、これ以上訳のわからない事件に頭を悩ませる義理はないのだ。

ロンドンでは日々無数の犯罪が起きている。自分に関わりのないことにまで気を回す余裕はなかった。

ただ……。

自分に関わりのある問題も、実は残っている。

「ところで、ミスター・ホームズ」

「アーサーでいいって」

「……アーサー。俺たちの大家は逮捕されたわけだが……」

「うん。良からぬ欲をかいた報いだな」

「俺たちは、このままここに住んでいていいんだろうか？」

「……あ」

犯罪を見破った明晰《めいせき》な頭脳の持ち主も、どうやらその点には思い至っていなかったらしい。アーサーは間の抜けた顔で口を開け、コナンを見つめ返した。

「……そう言えばどうなんだろう？　家賃は誰に払えばいいんだ？」

「犯罪者になったとはいえ、ここの大家は彼のままだよな？」

「多分……今回の件で罪に問われるとしても、まさか死刑になったりはしないだろうし」

「ってことは、引き続き彼に家賃を？　さすがに納得いかないぞ」

「なら、どこかに引っ越すかい？」

「う……しかし、他にツテが……なんだかんだで、ここは悪くない条件だったし……」

「僕だってすぐには無理だ。と言うか、あいつが釈放されるまでは、無料《ただ》で住めたりするんじゃないか？」

「いや、駄目だろ」

「駄目かな？」

「駄目に決まって……そ、それとも、いいのか？　許されたりする可能性も……？」

「バレる可能性は低いはずだ」

「だから、バレるかバレないかじゃなくて、それでいいのかどうかだろ」

「生憎《あいにく》その辺の法律には疎い。巡査部長に聞いてみようかな」

「彼が詳しいとは、とても思えないぞ」

「たとえば、『そんなの知るか』とでも黙認さえ取れれば」

「それ黙認じゃないだろ。そもそも、市警《ヤード》の黙認が取れたからって家賃がなくなるわけないじゃないか」

「そうなのか？」

「え？　そ、そうじゃないか？　――違う？」

　若き世間知らずたちの間に、疑問符が飛び交った。とはいえ、責めるのは酷だろう。あまりに特殊過ぎるケースだ。

　コナンとアーサーはそれぞれ腕組みし、むむむ、と眉間に皺《しわ》を寄せる。

「……仕方ない。とりあえず、引っ越し先の候補は見繕っておくか。君はどうする、コナン・ワトソン？」

「……コナンだ」

「え？」

「コナンで良いよ、アーサー」

　頭の痛い問題を抱えた仏頂面のまま、それでもコナンはアーサーを見やり、唇にだけ微笑を浮かべた。

きょとんとしていたアーサーが、コナンの表情を見て、ニヤリとする。

と、そのときだ。

急に、妙な違和感を覚えた。

音である。

ずっと聞こえていた高音が途切れ、一拍おいて復活したのだ。あまりに微《かす》かな雑音《ノイズ》だったので、一度消えて復活するまで、そもそもそんな音が聞こえていたことにも気付いていなかった。

嫌な予感がした。コナンには——そして、アーサーにも——大いに聞き覚えのある音だった。頭上、つまり三階から聞こえる音。機械の駆動音だ。

直後に、

バチンッ！　バリッ、バババッ！

と激しい破裂音が連鎖した。

しかも、止まない。バリバリと連鎖し続けている。コナンがぎょっとしてアーサーをにらみ、アーサーが両目を皿のようにしてコナンを見つめ返した。

「おいっ⁉」

「不味《まず》い！」

「何が！」

「忘れてた！」

「だからっ、何が⁉」

唾を飛ばすコナンに、アーサーは青ざめて答える。

「一昨日あの馬鹿《レストレード》が僕を不当逮捕したときから、《仮設炉》が稼働したままだ！　しかも、いま思い出したが、ちょうど出力を上げるべく余っていたサクラダイトを全部炉に入れて――」

「つまり大丈夫なのか⁉」

「大丈夫じゃないかも！」

「おい⁉」

そして、衝撃が降り注いだ。

全身を呑《の》み込み、揺さぶる轟音《ごうおん》。駆け抜ける熱と、物理的な打撃。震動。

紛《まが》う方なき「死」の気配が襲い――

幸運なことに、去っていった。

気がついたとき、コナンは半ば瓦礫《がれき》に埋もれたまま、大の字に寝そべって、灰色の曇天を見上げていた。全身が痺《しび》れ、目にするものすべてが揺れていた。真空の如《ごと》き静寂が支配すると同時に、うわんうわんと謎のうねりが神経に伝播《でんぱ》していた。

部屋の真ん中に、無数のコードが接続する巨大な鉄の塊が鎮座していた。ブスブスと煙を吐きながら、不機嫌そうな音を立てている。上から落下してきたそれがアーサーの言う《仮設炉》であることを、なぜかコナンは誰に教わることもなく理解した。

「……マジかよ……」

剝き出しの空を見上げ、コナンが我知らずつぶやく。

どこからかアーサーの呻《うめ》き声が、

「すごいぞ……これが、次世代のパワー……」

「……黙れ」

屋根と三階の床が吹き飛んだ建物の上で、コナンとアーサーはぐったりと横たわる。

やがて仲良く気を失い――

次に目覚めたのは、スコットランド・ヤードの牢屋《ろうや》の中だった。

## 幕間《まくあい》

最初の宣言通り、《教授《プロフェッサー》》の付けた監視役は、実質的に彼の組織との連絡役だった。初めはわずらわしくもあったのだが、すぐに組織の持つ情報力に驚かされることになった。広域にわたり、ただならぬ深度を有しながらも、極めて洗練された情報網だったのだ。それはまるで、老獪《ろうかい》な蜘蛛《くも》がロンドン中に張り巡らせた巣のようだった。その巣の上を、《教授《プロフェッサー》》と彼の部下たちは、音も無く行き交っているのである。

そして、《教授《プロフェッサー》》は彼に対し、高度に完成された情報網の利用を、ほとんど無制限に許可していた。

余所者《よそもの》の自分にここまで権限を与える意味が理解できなかった。自分が復讐《ふくしゅう》を遂げることで彼らにもたらされるメリットなど皆無のはずだ。

「趣味なんだ。これも私の『探究』の一環でね」

《教授《プロフェッサー》》は肩を竦めて答えたが、その答えもまた、到底納得できるものではなかった。

だが、彼にとって《教授《プロフェッサー》》の組織が有する情報網は、喉から手が出るほど魅力的だった。自らの悲願を達成するために、その「力」を無視する選択はあり得なかった。

組織の情報網を駆使し、彼は知りたかったことを——復讐相手の居場所を瞬く間に突き止めていった。

一人たりとも、逃がしはしない。大都市ロンドンの闇の中を、彼はただ黙々と、ひた走った。

# 事件2

## 「あをいガーネット」

Code pass
Arthur on the misty streets
Case file : beginning

# 1

こう見えてコナン・ワトソンは、身柄を勾留された経験には事欠かない。幼少期には路上で生活した経験があるし、兄に保護されたあとも、荒れていた時期は喧嘩《けんか》騒ぎが日常茶飯事だった。牢屋でひと晩過ごすなどなんとも思わないどころか、むしろ勲章ですらあったほどだ。

そのコナンの目から見て、ロンドンの留置場は地元《ダラム》のそれより、古く、黴臭《かびくさ》く、そのくせ頑丈で、まるで中世の牢獄《ろうごく》さながらだった。地下にあるため快適さにおいても大きく劣っている。八月の最中でなければ凍えていたこと請け合いで、真夏のいまはいまで蒸し暑く、いやに臭った。率直に言って、最悪な環境だ。

何より、当時とは立場が違う。なんだかんだ、あの頃の自分には、兄がどうにかしてくれるという甘えがあったことに、いまさらながらコナンは気付いていた。あまりにも遅い、遅過ぎる自省である。

兄亡きいま、同じように留置場に放り込まれていても、当時とは「シリアスさ」の度合いが違う。「身柄を勾留される」ということの本当の意味での恐ろしさを、いまさらながらに実感していた。

ただ……。

一方で、シリアスになりきれない要素もある。独房にもかかわらず面倒だからと一緒に放り込まれた「同居人」の存在だ。

「へえ！　それはずいぶんと意外だな。まさか君が牢屋慣れしてるとは。とてもそんな風には見えないよ」

「……黙れ」

呑気《のんき》と言うか図太いと言うか、勾留された主な原因のはずのアーサー・ホームズは、青ざめてうな垂れるコナンの隣で、物珍しげに牢屋の中を観察している。勾留されてすぐは不快な環境に不満たらたらだったのだが、夜はぐっすり眠り、起きてからは結構平気そうにしていた。存外タフだ。

「まあ、これはこれで貴重な経験であるしな。第一、いまさら後悔しても意味がない」

「ああ！　二度と法は犯さないと、兄が死んだとき誓ったのに……」

「ん？　それは例の、銀行嫌いのお兄さんかい？　亡くなっていたのか。気の毒に」

「……どうも」

「まあ今回は百パーセント事故だ。器物破損の罪は潔く償うとして、賠償はしなければならないが、それ以上の事は……待てよ？　この場合、賠償相手はジェファーソン・スタンフォードか？　泥棒に追い銭をやるのは、少々納得が——」

「黙れ」

今回の件はすべてアーサーの責任である。自分に罪はない——と信じているが、何しろコナンは前科持ちだ。過去の暴力沙汰は調べればすぐにわかるだろうし、そのせいで厄介な羽目に陥る可能性もゼロとは言えない。ただでさえ大学入学を控えたデリケートな時期だというのに、これで合格が取り消されでもした日には後悔してもし切れない。アーサーをテムズ河に放り込んでも気が済まないだろう。

——留置場の大家を哀れんでいた翌日に、自分たちまで勾留されるとはな。悪い冗談だ。同じ場所に放り込まれなかったのが、せめてもの救いだろう。これで隣の牢屋にスタンフォードがいた日には目も当てられない。

「……やはりロンドンは鬼門らしいな。そもそも、あの下宿に決めたことが間違いだった」

「そう気落ちすることはない。『禍福はあざなえる縄の如し』だ」

「なんだそれ？」

「東洋の諺《ことわざ》」

「……東洋はしばらく要らん」

うんざりとしてコナンは渋面になった。

独房の外には天井付近に明かり取りの窓——もちろん鉄格子が嵌《は》まっている——がある。そちらから差し込む陽射《ひざ》しの角度からして、まだ正午にはなっていないようだ。

果たして、いつまでここに居なければならないのか。長い一日になる予感に、コナンは眉間を押さえて首を振りながら、重々しいため息を落とす。

無論、そのときのコナンは、自分が予期せぬほど「長い一日」を過ごす羽目になることなど、予想だにしていなかったのだが。

「東洋といえば、例の紋様はどうなっただろうな。気がついたら牢屋《ここ》だったから、壁を確認する余裕がなかった」

「俺だってそんな余裕はなかった。……まあ、三階はともかく、二階の壁は残っていたからな。まだあのままなんじゃないか？　読める状態かどうかは知らんが」

「貴重な証拠だから無事であって欲しいところだ」

「頭を抱えるのは不良警官に任せるんじゃなかったのか？」

「こう暇ではね。煙草《たばこ》も吸えないし。不本意ながら、好奇心が疼《うず》く」

大した余裕だ。賠償金に悩む様子もない辺り、実は本当に儲《もう》かっているのだろうか？到底信じられないのだが。

「……仮にあそこが読めなくなったとしても、同じ紋様なら半月前の空き巣現場にもあるはずだろ」

「まったく同じとは限らないぞ？」

とアーサーは肩を竦める。

「何しろ『文字』だ。『読めない者』が『見た印象』が相似してるってだけで、あの紋様を文字として――血で印《しる》された東洋の文字として認識できる人間なら、微妙な違いを読み取ったかも――」

「血で印された東洋の文字だと？」

突然、コナンとアーサーの会話に、第三者の声が割り込んだ。二人は驚いて口を閉ざす。どこから――隣だ。隣接する左側の独房。直接見ることはできないため、そこに誰かがいることさえ、声がするまで気付かなかった。

「それは……ショルトの倉庫のことか？　それとも、まさか他にも……？」

声はさらに、そう続けた。

男の声だ。短い台詞《せりふ》だったが、妙な訛《なま》りがあった。微かに震えており、何か切迫したものを感じさせる。

コナンは驚きのあまり黙り込んで返事ができなかった。

しかし、アーサーは違った。

「ショルト？」

途端に目を輝かせ、鉄格子に飛びついた。

格子の隙間から隣の独房に――当然見えるはずはないのだが――視線を向けながら、

「それはまさか、空き巣のあった倉庫の持ち主《オーナー》かい？　ひょっとして知り合いなのか？　そもそも、君は何者だ？　あの紋様の意味に心当たりが？」

立て続けの問いかけに、今度は向こうが口を閉ざして沈黙する。アーサーが、しまったという顔をした。

「……事を急ぎ過ぎたか。もっと慎重に会話を誘導すべきだった……」

「それ以前に、どうしてそう見境がないんだっ。ここは市警《ヤード》の留置場だぞ？」

「知的刺激に飢えているんだ」

「牢屋《ろうや》の中でぐらい大人しく内省してろっ」

隣に聞こえないよう、小声でささやき合うアーサーとコナン。二人の会話が伝わったのか否か、隣の独房からはそれ以上の反応がなかった。

アーサーはむむむとしばらく口を曲げていたが、

「心当たりがあるから思わず口を挟んだんだろ？　あの紋様は明らかになんらかのメッセージ――それも血を使ってる以上、一種の『警告』である可能性が高い。君にもなんらかの危険が迫っているのかい？　場合によっては力になるが？」

投獄されている身で「力になる」もないものだが、アーサーは至って真剣だ。つき合いは短いが、嘘《うそ》や出任せではなさそうに感じた。

また、その内容に、コナンもいまさらながら、ハッとする。

あの紋様がやけに不吉に感じられた理由がわかった。わかってみれば当たり前のことだ。あえて「血で印された」文字が、平和的な意味を持つはずがなかったのだ。そんな当然のことに、一種の警告と定義されてようやく、コナンは思い至った。

――やはり、俺の前の住人は……。

あの紋様を見て、逃げたのかもしれない。コナンの下宿先にあった紋様には、一体どんな因縁が隠されているのだろうか。

「………」

アーサーは鉄格子に顔を押しつけたまま、じっと耳をそばだてている。しかし、隣の独房にいる人物は、再び息を潜めるように存在感を消していた。

留置場に沈黙が立ち籠《こ》める。

その沈黙を破ったのは、

ガシャンッ――

という重たい金属音だった。

錠前の開く音だ。思わずコナンとアーサーの意識が隣の独房とは反対側に向かうと、続けてギイイと扉が開く音が響いた。

「……いま居るのは三人。あんたのお目当ては手前の独房だ。くれぐれも……」

「はいはい。わかってるって。平気よ。こういうの、前にもやってるから」

男の声に続いて聞こえてきたのは、この場にまるで相応《ふさわ》しからぬ若い女性の声だった。

そして、コツコツと軽快な足音が続き、

「……あれ？　結構、若いじゃない。ちょっと意外」

コナンたちの独房の前に、一人の女性が姿を見せた。

コナンたちが若いことに驚いたようだが、彼女の方がさらに若い。少女と言っても良さそうなほどだ。

そしてまた、先に声を聞いていなければ、少女ではなく少年と思ったかもしれない。ジャケットにシャツにスラックス。まるで男のような装いの上、キャスケット帽を被り、髪まで肩口で切り揃《そろ》え短くしている。

少女は、ぽかんとするコナンとアーサーを交互に見つめ、掛けている眼鏡の位置を直した。

レンズの奥の、活発で利発そうな瞳を煌《きら》めかせ、

「初めまして。私は《ストランド・ニュース》の敏腕記者、マリー・ハドソンよ。アーサー・ホームズはどちら？」

「……僕だ」

「じゃあ、奥のあなたがコナン・ワトソンね。うーん……二人とも、若いし、小綺麗《こぎれい》だし、爆破犯としてのインパクトはいまいちね」

コナンが咳《せ》き込む。

「ば、爆破犯？　誰が⁉」

「あら？　モンタギュー街にある建物の屋根を、爆弾で吹き飛ばした犯人なんでしょ？　正直、もっと猟奇的な厳《いか》ついのを想定してたのに、当てが外れたわ。まあ、その辺の演出は、むしろ腕の見せ所だけど」

自ら敏腕記者と名乗った少女――マリーは、あっけらかんと言った。

コナンはあんぐりと口を開けたのち、大いに焦った。

「おい!?　ちょっと、待ってくれ！　記者って……君、まさか新聞社の人間なのか？」

「見えないでしょ？　こんな風に若くて可愛《かわい》い女の子が取材に来ると、みんな似たような反応をするのよね。まあ、侮ってくれると、それはそれでやりやすいんだけど」

「取材って……俺たちをかっ？　まさかあの爆発騒ぎを――いや、本当に待って欲しい！　犯人と言ったが、原因はあくまでこの男で、俺は無実――と言うか『演出』ってなんだ？　君、本当に記者なのか？」

「社員証見る？」

「じゃなくて、記者なら正確に事実だけを伝えるべきだろ！」

「嘘は書かないわよ？　あくまで演出だけ。……ほら？　どうせ読むなら面白おかしい方が良いじゃない？　受けもいいし」

「ジャーナリズムは!?」

「まったくだ！　僕の《仮設炉》を爆弾呼ばわりとは、無知故の無礼としても、到底看過しかねる――」

「重要なのはそこじゃない！　てか、あれだけ毎日爆発してれば、爆弾呼ばわりは至極真っ当だ！」

今回の件を記事に――それも面白おかしく演出して書かれたのでは、たまったものではない。それこそ身の破滅だ。

「いいか、よく聞いてくれ？　あれはあくまで、事故なんだ。そして、俺とは――コナン・ワトソンとは、完全に、無関係だ！　俺は巻き込まれただけなんだ！　記事にされるのは仕方ないかもしれないが、俺のことは一切触れないで――」

「待ちたまえ！　記事にするというなら、僕の発明した《仮設炉》の詳細も、正確に記述してもらわねば困る！　そもそもあれは名称通り、あくまで『仮設』の物に過ぎない。本来あるべき《電気炉》の出力は、ちょっとばかり屋根に穴が開く程度のものでは――」

「お前は口を挟むな、アーサー！　君もだ、ミス・ハドソンっ。いまのを聞いただろ？　こいつはこんな優男だが、ある意味十分猟奇的だ。演出を加えたいならこいつだけで十分だから、地味で無害な俺のことは記事になど――」

「……コナン？　君、なんだか昨日の感謝が感じられないぞ？」

「当たり前だろ⁉　お前、状況を把握できてるのか⁉」

見苦しい男どもの言い合いに、マリーは、あらまあ、と呆《あき》れ顔をする。もっとも、二人を見る眼差《まなざ》しが輝いているのは、これはこれで面白そうな犯人たちだと思い直しているのかもしれない。

「とにかくだ！　この際、君の取材には全面的に協力する。だから、お願いだから、俺の話を聞いてくれ。確かに、冷静に聞けば色々信じがたい話になるかもしれないが、それはこの男が信じがたい変人だからだ。誓って真実だけ話す！」

　いつしか鉄格子にしがみ付きながら、コナンは全力で訴える。

　取材対象からこんな対応をされるとは思っていなかったのか、マリーは些《いささ》か鼻白む様子で、愛想笑いをのぞかせた。

「……必死ね？」

「悪いかっ」

「うーん……ありがたいっちゃ、ありがたいんだけど、もっとこう……隠された悪事を暴く方が性に合ってるって言うか」

「合う合わないで偏向報道をしないでくれ⁉」

　戸惑うマリーにコナンの声が裏返りかけたときだ。

　再び、ガシャンと鍵の開く音が響き、乱雑な足音がコナンたちの独房に近付いて来た。

　現れたのは、

「レストレード巡査部長！」

　知った顔——何より、まともに話が通じる相手の登場に、コナンは思わず涙ぐみそうになる。

クラウスは、ひと目見てなんとなく状況を察したらしい。面倒そうに顔をしかめて、くわえていた葉巻をゆらゆらと揺らした。

マリーを見、コナンを見てから、アーサーに視線を向ける。

それから、一切の説明を放棄する口振りで、

「二人とも、釈放だ。保釈金が支払われた。ついでに、器物破損の賠償分もな。まったく……昨日の今日で何やってんだ？　少しは自重しろ、坊主ども」

*

「ええー、何それ？　あの空き巣事件なら私も記事書いたけど、そんな込み入った事情があったわけ？　しかもその第二の現場の、すぐ上の部屋で爆発事件だなんて……それ、絶対関連がなきゃ嘘でしょ？　むしろ関係させるべきじゃない？」

「……だから、真面目に真相だけを書いてくれ。頼むから」

げんなりとしながら、コナンは言った。

スコットランド・ヤードから解放されたコナンとアーサーは、取材を続行するマリーを伴い、モンタギュー街の下宿先に戻っていた。と言っても、三階は発明品の爆発で滅茶苦《めちゃく》

茶《ちゃ》になっており、二階は天井に穴が開いて落ち着かないので、一階のスタンフォードの部屋を勝手に使用させてもらっている。ついでに、茶器も借り、茶葉も拝借していた。良心は多少痛まないでもなかったのだが、正直なところそのわずかな痛みなど、のしかかる疲労と憂鬱の前には、さしたる問題ではなかった。

　ともあれ、三人は紅茶を淹《い》れてテーブルを囲み、途中で買って来たサンドイッチをつまみつつ、せっつくマリーに事の経緯を説明し終わったところだった。話したのは主にコナンで、アーサーは食事を済ませたあとは、久しぶりの喫煙を楽しんでいた。

　話を聞き終わったマリーは、腕を組んで眉根を寄せていた。

「やっぱり取材はしてみるものね。こんな話が聞けるなんて、市警《ヤード》に行ったときには思いもしなかったわ」

「俺だって、ロンドンに出て来たときには、こんなこと想像もしてなかったさ」

「でも残念なことに、いまいち読者に受けなそうなのよね。謎の血文字は悪くないけど、倉庫のときに報道済みだからインパクトに欠けるのよ。新しいネタの方は、人死にもなければ、男女のゴシップネタもなさそうだし」

「……爆発事故の方は、下手をすると死人が出たかもしれないけどな」

「それよ。せめて爆発騒ぎが結びついてれば、読者の食いつきも違ってくるのに……やっぱりこの二つは、無理にでも関連性を――」

「やめろ。本当に洒落《しゃれ》にならない」

もう何度目かも忘れてしまったが、コナンはへこたれることなく釘《くぎ》を刺す。

若い女性の記者というだけでも特異だが、話せば話すほど、このマリーという少女も相当な曲者《くせもの》らしかった。こんなのを単身放し飼いにしているなど、新聞社もどうかしている。それとも、単に手綱を握れていないだけだろうか。

「それにしても、ずいぶんあっさり釈放されたよね？　保釈金に加えて賠償金も払ったみたいだけど、アーサー君ってそんなにお金持ちなの？　そもそもお金を払ったからって、あんなに簡単に出てこられると思えないんだけど？」

マリーが横目で探るように、アーサーに問いかけた。口振りは軽いが、眼鏡の奥の瞳は鋭く理知的だ。

　同じ疑問はコナンも抱いていた。何しろ、ロンドンの真ん中で、爆発騒ぎを起こしたのである。たとえ事故だとしても、普通に考えれば徹底的な尋問が行われて然《しか》るべきだろう。また、釈放しに来たクラウスの、何か奥歯に物が挟まったような態度も気になっていた。あっさりと出てこられたのは本当にありがたいのだが、腑《ふ》に落ちないのも確かなのだ。

対して、アーサーはたちまち渋面になる。

「……答えたくない《ノー・コメント》」

「そりゃないんじゃない？　それに、なんとなく想像は付くわよ？　あなたみたいな若い人が、大金を用意したり市警《ヤード》に釈放を働きかけたりなんて無理に決まってるもん。どうせ親の威光でしょ？　あなた、実は良いとこの御曹司なの？」

マリーの推測に、コナンも得心する。賃料など金払いが良かったというのも、そういう理由ならすんなりと理解できた。

　果たしてアーサーは、

「……親ではない」

「何、保護者ってこと？　それともまさか、あんな連中なんか親として認めないみたいな、反抗期的表現なの？」

「言葉のままだ。それと……念のため忠告しておくが、下手に探りを入れるなよ？　絶対にだ。君も、君の周囲の人間も、激しく後悔することになる」

　視線を合わせず、表情も殺しながら、アーサーは言った。彼らしからぬ対応だったが、言外に滲《にじ》む不快と不機嫌——さらに言えば、どこか「弱音」めいたオーラは、彼の言葉に理屈ではない真実味《しんじつみ》を与えていた。

　おそらくその件は、「本当に」アンタッチャブルなのだろう。

「……ん〜……」

マリーが腕組みしたまま身をそらして、椅子の背もたれに身体を預ける。コナンも、テーブルに立ち籠《こ》めた気まずい空気のまま、大人しく口を閉ざした。

――そう言えば、まだ一週間と少しなんだよな。

アーサーとはすっかり胸襟を開き合ったような気がしていたが、冷静に考えれば、そんなわけはないのだ。コナンと彼は知り合ったばかりで、しかもその期間の大半は、挨拶ついでに会話を交わす程度だった。当然ながら、この不思議な隣人のことを、コナンはまだほとんど知らないのである。

コナンたちはそのまま、静寂に身を委ねる。

しかし、訪れた沈黙を嫌ったのか、アーサーが「ええい」と不本意そうに唸った。

「とにかくだ、ミス・ハドソン。この際、爆発事故を記事にするのは仕方ないが、僕の名前は出さない方が良い。それでは記事にならないというなら、いっそ僕のコメントを載せればいい。僕が自分の意思で発言した形なら……多分面倒な事にはならないだろう」

なんとも含みのある言い様だったが、アーサーが彼なりに誠意を示しているのは伝わった。マリーも苦笑しながら、「はいはい」と肩を竦《すく》めた。

「妙な横槍《よこやり》が入ったんじゃ、うちとしても面倒だしね。無難な内容で書かせてもらうことにするわ。その代わり——血文字の方はもう少し追いかけたいわね。これは私の勘だけど、事件の裏に結構なドラマが潜んでる気がするの。どう？」

「……どうも何も、そっちは僕たちは無関係だぞ？　まあ、さっき見たら二階《ここ》の紋様は無傷だったし、何か事件が発展することがあれば、出来る範囲で協力はしよう」

「オッケー。じゃあ私、ちょっと現場の写真撮って来るわ。勝手に居なくなっちゃ嫌よ？」

　そう言うと、マリーは軽やかに席を立ち、部屋を出て階段を上っていった。

　アーサーは、ふん、と鼻から息を吐く。

「勝手に居なくなるも何も、現時点で僕らの住まいはここだけだ。他に行く当てがあるもんか」

「……実家に戻るのは？」

　つい、コナンが尋ねる。アーサーは思いきり渋い顔で、彼をにらんだ。

「僕がどれだけの犠牲を払って家を離れたか、君には想像できないだろうさ」

「そうだな。想像はできない。それでもあえて言うが——アーサー。生きているなら、やり直しは利く。家族は、居なくなれば、取り返しがつかないんだから」

　決して押しつけがましくはならないよう注意しながら、コナンは言うべき事を——自分が、自分の立場だからこそ言っておくべきことだけを口にした。

アーサーは、ぐっと喉に物が詰まったように、返事をしなかった。様々な反論が胸中で木霊しているように見えたが、そのどれをも表には出さずに呑《の》み込んだ。

それから、あからさまにそっぽを向き、くわえた煙草《たばこ》をくゆらせながら、

「……余計なお世話だ。けど……覚えておこう、コナン」

ぶっきらぼうに答えた。

「うん。ありがとう」

とコナンが返す。アーサーはいよいよそっぽを向く角度を広げた。

「ふんっ……言っておくが、別にいがみ合っているわけではないからな？」

「そうなのか？　だったらなんで——」

「色々あるんだ！　君には想像できない種類の『色々』が！」

そう強く主張するアーサーは、拗《す》ねて、せめてもの反論をする子供のようだった。コナンは笑いそうになるのを堪えて、「そうか」とだけ返事をした。

ゴホン、とアーサーがわざとらしく咳払《せきばら》いをする。

「それより！　我々には共通の問題がある。喫緊の問題が」

「なんだ？」

「なんだだって？　もう忘れたのか？　我らが住まいの問題だ」

「あー……」

確かに忘れていた。スタンフォードが逮捕され大家不在となったいま、自分たちはどこに住めば良いのか。前は家賃を誰に払うかで結論が出ないまま終わったが、いまや部屋そのものが物理的に住めなくなってしまった。引っ越し先の選定は急務だ。

とはいえ、

「とりあえずは、ここの一階を使っていいんじゃないか？　当面ここの住人《スタンフォード》は不在だし、今月の分の家賃はすでに払ってる。使う権利はあると思う」

「お勧めできないね。爆発によって受けた建造物のダメージが未確定だ。いつ二階の床が抜けるかわからない。しかもそのときには、建物自体が崩壊する可能性だってある」

「は？　嘘《うそ》だろ。本当に？」

「可能性の話だ」

「いや、しかし……前にも言ったがツテもないし、すぐに引っ越すのは難しいぞ？」

「うん。前に聞いたから知ってる。どうしたものかな」

どうやらアーサーにも冴《さ》えたアイデアはないらしい。コナンは心労の籠もるため息をもらし、やや投《な》げ遣《や》りに首を振った。

「……ひょっとして俺、一度田舎に戻って、仕切り直した方が良いのかもしれんな」

二度と地元《ダラム》の地は踏まない覚悟でロンドンに出てきたコナンではあるが、これはもう気持ちの問題ではなく、より切実で現実的な選択肢だ。田舎の家は売りに出しているが、まだ買い手はついていない。大学入学まで間もないとはいえ、残りの期間を路上で過ごすよりは、遥《はる》かにまともな選択だろう。

「ううむ……確かに、この際それも現実的にありかもな」

「そう思うか？」

「ああ。お兄さんと二人暮らしをしていたなら、僕が厄介になっても問題ないだろうし」

「って、待て。何を当然のように付いてくるつもりでいる」

「え？　僕も当てではないって言ったじゃないか。まさか僕だけロンドンに残して、一人で戻るつもりなのか？」

「まあ……」

「なんて冷たい！　お兄さんの遺産を取り戻してやったのに！　君には恩義という概念がないのか？」

「しばらくホテルでいいじゃないか。金はあるんだろ？」

「そういう問題じゃないだろ⁉」

悲愴感たっぷりにアーサーが嘆く。実際、彼には大きな借りができたわけだが、だからといってこんな変人を木訥《ぼくとつ》な田舎町に連れて行くのも気が進まなかった。どうしたものか、とコナンは椅子に身体を沈める。

すると、

「――だったら、うち来る？」

いつの間に戻っていたのか、二階に上がっていたマリーが、ドアから顔をのぞかせて言った。

とっさに振り返る二人の無宿者に、

「私んち、隣を人に貸してるの。生憎《あいにく》いまは満室だけど、間借りもできる部屋割りだからさ。駄目元で一回来てみたら？　あ、でも、爆発沙汰は勘弁してよね？」

## 2

マリーが紹介してくれたのは、品の良い集合住宅《テラスハウス》だった。

ベーカー街２２２。

マリーとその家族は、隣の２２１に住んでいるらしい。

「ここもあなたたちが居たのと同じ三階建てなんだけど、二階と三階はまとめて貸してるのよね。だから、広さは十分あるし、なんならルームシェアできるはずよ。もちろん、ミスター・藤田《フジタ》がオッケーならだけど」

「――フジタ？」

「うん。高祐《タカスケ》・藤田。ニッポンの人なんだ。ちなみに、一階に住んでるのもニッポン人よ。偶然だけど、面白いでしょ？」

建物を見上げるコナンたちに、マリーは気軽に説明した。

大家の意向でルームシェアを強要されるなどずいぶん無茶《むちゃ》だと思ったが、あくまで住人が許可をすればという話らしい。コナンとしても、いきなり赤の他人と共同生活など御免蒙《こうむ》りたいところだが、何しろ場合が場合である。格安で当面の急場を凌《しの》げるのなら、考慮する価値はありそうに思えた。

「ほお。悪くないじゃないか」

とアーサーも建物を褒める。お世辞というよりは、単に思ったことをそのまま口にしているようだ。つまりは、気に入ったということなのだろう。

ただ、コナンはつい顔をしかめてしまった。

――……ニッポン、か。それは確か……。

東洋の国だ。それはつまり、例の紋様――血文字が使われている国ということだろう。

しかし、黙り込むコナンの疑念を察したのか、

「ニッポンは東洋の国だが、例の文字がかの国の物かは未確定だぞ」

「けど、お前の部屋にあった書物はニッポンの物で、それはあの紋様と同種の文字だったはずだろ」

「ニッポンの文字は中国の文字を下地として作られている。よって中国の文字と『同種』ではあっても『同一』ではない。そして、使用されている範囲や量だけを鑑みれば、あれはニッポンではなく中国の文字である確率の方が高い」

もちろん確率に過ぎないが、とアーサーは念を押す。ややこしい話だが、血文字がニッポンの物と確定していないことはわかった。「そうか」とコナンは不吉な印象を振り払うように首を振った。

「どうぞ～」

マリーが玄関を開けて、にこやかに二人を招いた。コナンとアーサーは中に入る。

建物の構造は、スタンフォードの下宿先と似ていた。入ってすぐのところに、一階の部屋に通じるドア。奥に、二階に続く階段がある。コナンたちは廊下を進み階段に足を掛け

たが、そのとき背後でバタッと二階のドアが開いた。

出て来たのは、黒髪の青年だった。

東洋人だ。ひょろりとした印象の痩せた青年で、東洋人にしては肌の色が薄い——というより、生《なま》っ白《ちろ》い感じがした。何より、着ている服が珍妙だ。一応ステンカラーのシャツを着ているが、下は一見するとスカートのような裾の広い衣装を身に着けていた。おそらくは自国の衣装だろう。

目が細く、こちらを見ているのはわかるのに、目蓋を閉じているように見える。わずかにのぞく瞳は黒。兄が所持していた、東洋の「仏像」のような面差しだった。

青年はマリーを見ると、

「ああ、マリーさん。こんにちは。そちらのお二人は？」

「こんにちは、銀助《ぎんすけ》君。ちょうど良かったわ。この二人、住んでた所が壊れちゃって、困ってたから連れてきたの」

恐ろしく雑なマリーの説明に、銀助と呼ばれた青年は「はあ」と生返事でコナンたちを見やる。そうした仕草や口にする英語は、外国人とは思えないほど熟れていた。それだけイギリスが長いのか、あるいはしっかりとした教育を受けている証拠だろう。実際、どことなく品の良さを感じる。

コナンは姿勢を正し、

「初めまして。コナン・ワトソンです。突然の訪問で申し訳ない」

「ああ、いえいえ。お気になさらず。ここの下見ですか？　けど、いまは上も埋まってますよ？」

「そうなの。だから、ルームシェアはどうかなって」

「ええ？　三階をですか？　難しいと思いますよ。ほら？　前に日本から来た人が泊めて欲しいって頼んだときも、藤田さん、断ってたじゃないですか」

「あー、思い出した。あったわね、そんなこと。でも、あの人、結局何日か居たんじゃなかった？」

「仕方がないから私の所に泊めたんです」

「じゃあ、今回もどう？」

「そんな急な——それに、いっぺんに二人は無理ですよ。寝るとこがないのはわかってるでしょ？」

「うちは同じ間取りで三人で寝起きしてるわよ」

「サラちゃんはまだ十歳でしょう？　大の大人三人は無理だと言ってるんです」

なかなかに傍若無人な大家だが、銀助は負けじと反論した。無茶を言っているのはこちらだけに、コナンはなかなか居たたまれない。何しろ突然で一方的な提案だ。口は挟まないまでも、ですよね、と胸中で詫《わ》びていた。

と、

「ギンスケ、と言ったかな？　僕も挨拶しておこう。アーサー・ホームズだ。アーサーで構わない」

「ああ、そう言えば名乗っていませんでした。失礼。夏目《なつめ》銀助と申します。銀助、がファースト・ネームです。ご期待に添えず済みませんが――」

「ちなみに、『ギン』というのは『銀《シルバー》』のニッポン語でしたね？」

「え？　ええ、そうですが」

「それと、ひょっとして『バリツ』を嗜《たしな》まれるのかな？」

「へ？　バリツ？　いえ、なんのことでしょう？」

唐突なアーサーの問いかけに、銀助はぽかんとした。実際、初対面の相手にいきなり聞くような質問ではない。

しかし、アーサーは気にせず、

「む。発音が違ったか。ええと、では『ブジュツ』でどうです？」

アーサーがそう言い直したときだ。ピク、とほんの一瞬、銀助の糸目の奥に、鋭い光が過った。田舎で喧嘩《けんか》に明け暮れていたころの感覚が、とっさにコナンの肌を粟立《あわだ》たせる。

　優男風の見た目に反し、荒事に動じない、腕の立つ人間特有の気配だ。

　もっとも、

「……ええ、まあ、少し嗜んではいますが……なんですか、急に？」

　そう答えた銀助からは、一瞬垣間《かいま》見《み》えた鋭さは霧散していた。むしろ、戸惑いが強い。

　そして、戸惑っているのはコナンも同様だ。

　しかしアーサーは素知らぬ体である。それどころか、銀助の返答に「やはりっ」と色めき立った。

「家督を継がぬ次男にも『ブジュツ』を習わせ、さらに海外にまで渡航させるからには、それなりの家格——有力者の家系と見た！　そして何より、ニッポン人。なら、ミスター・ナツメ。貴方《あなた》は、桜石という物をご存じなのでは？」

　期待を込めて、アーサーが確認する。結局そこなのかとコナンが思わず天井を仰いだが、聞かれた銀助はいよいよ戸惑いを深めつつも、「ああ、はい」と首肯した。間違いなく混乱しているはずなのに、ずいぶんと律儀だ。

「こちらで言う、サクラダイトでしょう？　というか、『桜石』なんて和名を、よくご存じで——」

「素晴らしい！」

「は？」

「何を隠そう、僕は発明家なのだ！　ニッポンの良質なサクラダイト――桜石には、予《かね》てより大変興味があった。ミスター・ナツメ。なんとかお国に掛け合って、サクラダイトを融通してもらうことは――」

「アーサーっ。いい加減にしろ！」

堪《たま》らずコナンが横から口を出して、アーサーを制止した。

もはや銀助は戸惑いを通り越して、珍獣を見るような目つきになっている。その対象には自分も入っているかもしれないと思うと大変遺憾だが、無理からぬ反応である。

「お前の挙動は慣れた人間でもキツイんだから、初めて会う相手には少しぐらい自重しろ！　だいたいなんだ、『ブジュツ』ってのは？」

「キツイとはずいぶんな言われようだが、『ブジュツ』について説明すれば、東洋における個人レベルの戦闘技術全般を指す言葉だ。いまの文脈では、格闘技と言った方が近いかな。廊下に出てくるときの動きや、いま自然体で立っている姿勢でも、体幹にブレが見られない。『ブジュツ』を身に付けた『ブジュツカ』特有の佇《たたず》まいだ」

スラスラとアーサーが述べると、銀助は「おお」と驚く様子を見せた。

「凄《すご》いですね……たったそれだけのことで、よくわかりますね？　貴方は特に心得もなさそうなのに」

「観察力は発明家の武器だからな！」

「じゃ、じゃあ、次男というのは？　なんでわかる？」

「ニッポンだと金属が尊ばれる順番として、一番は『金《ゴールド》』。『銀《シルバー》』は二番だ。名前に『銀《ギン》』が付くからには、おそらく『金《キン》』の付く兄がいるはずと考えた」

「凄い！　それも当たりです。これはお見それしました。見たところまだお若いのに、大した慧眼《けいがん》をお持ちだ」

　アーサーの解説を聞いた銀助が、感心した態度でパチパチと拍手する。

　実際、コナンも――不覚ながら――感心していた。スタンフォードの犯行を見抜いた眼力もそうだが、やはりアーサーは恐ろしく頭の回転が速い。むしろ、「速過ぎる」ことが弊害となっているのかもしれない。

「オーケー、わかった。けど、とにかくいまは大人しくしててくれ。俺たちがここに来た目的を忘れたわけじゃないだろ」

「質の良いサクラダイトを手に入れるために――」

「記憶を捏造《ねつぞう》するな！　当面の宿を確保するためだ！」

　コナンは直ちに自らの認識を訂正する。アーサーの問題点は頭の回転速度とは関係がない。

「……ねえ？　だったら一応、上に行かない？　ミスター・藤田に間借りの件を確認しなきゃ。駄目そうだけど」

　マリーの意見に、「そうしよう」とコナンが即答する。

　しかし、

「藤田さんなら何日か前から留守ですよ？」

「ええっ。いつ戻るの？」

「さあ？　何も聞いていませんので」

　銀助の台詞《せりふ》に、マリーが「もう」と唇を尖《とが》らせる。コナンも思わず舌打ちしそうになった。

　そして懲りないのはアーサーだ。

「よろしい。なら、少し待たせてもらおうじゃないか。どうだろうか、ミスター・ナツメ。しばし、お邪魔して構わないかな？」

「え、でも、何日も居ませんから、待ったところで……」

「駄目かねっ？」

「だ、駄目ということは……で、では、どうぞ」

ニコニコ――というよりはニヤニヤとした笑みを浮かべて擦り寄るアーサーに、銀助があっさりと折れる。アーサーはすかさず「アリガト、ゴザマス！」と――多分ニッポンの言葉なのだろう――礼らしき言葉を述べて、ドアを開ける銀助の横をすり抜けた。

コナンとマリーは顔を見合わせる。コナンの顔には疲労が、マリーの顔には苦笑が浮かんでいたが、どちらも何も言わず銀助の部屋に足を踏み入れた。

「これはこれは。素敵な部屋ですね、ミスター・ナツメ！」

リップサービスではない様子で、アーサーが部屋を褒めた。

銀助の部屋には、異国の調度品が揃《そろ》っていた。木材や陶器、また植物の繊維を利用している物が多く、コナンの目には漠然と「東洋アジア風」としかわからない物品だ。ただ、趣味の良さは伝わって来るし、どれも丁寧に使い込まれているのが好印象だった。馴染《なじ》みがない調度品に囲まれているのに、どこか落ち着く雰囲気がある。

「ありがとうございます、ミスター・ホームズ。銀助、で構いませんよ」

「ありがとう。僕も最初に言ったとおり、アーサーと……おや！　これはまさか、竹《バンブー》をフィラメントに用いた白熱電球では!?　ひょっとして点灯できるのですか？」

「本当に詳しいですね。点《つ》きますよ。ほら」

「おおっ、素晴らしい！　しかし、この建物に電線は繋《つな》がれていなかった。ということは、つまり……!?」

「またまた、ご明察です。これ、サクラダイトを使った電気照明なんですよ」

「ブラボー！」

アーサーが喝采を上げる。頬《ほお》が興奮で上気している。もう完全に上階のことなど頭から消えているだろう。せめてもの救いは、銀助も満更ではなさそうなことだろうか。手放しに褒められて、面映《おもは》ゆそうにしている。さっき感じた腕利きの気配が嘘《うそ》のようだ。

とはいえ、自分たちの言動が厚かましいことに違いはない。

「不躾《ぶしつけ》に訪問した上、騒がしくして申し訳ない」

「いえいえ、お気になさらず。これも何かの縁でしょう。いまお茶を淹《い》れますので――あ、せっかくですから日本のお茶を用意しましょうか？」

「そんなお気遣いは――」

「ぜひお願いしたい！」

アーサーがきっぱりと要求する。

コナンは苦虫を噛《か》み潰したが、銀助は軽やかに笑い、「では準備しますので、適当に座ってて下さい」と、キッチンに向かった。

「……ニッポン人というのは、ずいぶん親切なんだな」

　感想を口にするコナンに、「どうかな？」とマリーが答える。

「さっきも銀助君が言ってたでしょ？　上のミスター・藤田は、同郷の人も泊めるの断ってたわけだし」

「君はそれを完全に忘れて、ここに案内してくれた訳だがな。……ともあれ、そんな性格の上に留守中とあっては、望みはかなり薄そうだ。上を借りているのが、ミスター・ナツメなら良かったのだが」

「ここでも平気だと思うけどなー。男なんだし、床に雑魚寝でも留置場よりマシでしょ？」

「床に転がられるのも、家主的には迷惑だろ」

　それも、ある日突然押しかけて来た謎の男二人である。自分なら絶対に嫌だ。

　もっとも、いまのアーサーの様子なら、ひと晩くらいなら寝ないで部屋を漁《あさ》っていそうだ。現にいまも、ひと通り照明器具を調べ尽くしたのか、早くも次の獲物を求めて室内をうろついている。彼が良家の子息とはマリーの予想だが、残念ながら育ちの良さは感じ取れない。

「ううむ、サクラダイトを使った器具は他には見当たらないな。この照明もどちらかと言えばインテリアの部類だし……」

「いい加減にしておけよ、アーサー。他人の部屋を物色するな」

「仕方ない。とりあえず、照明の基部を分解して——あ、猫」

「おいっ⁉　アーサー——猫？」

　不穏な台詞に振り向いたコナンが、アーサーの視線を追って首を動かした。

　東洋の調度品が並ぶ、部屋の隅。木材で組まれた台座の上に、バスケットが置かれている。

　その中で、一匹の猫が丸まっていた。

　毛並みの良い、ふくよかな猫だ。白、黒、茶という三色の毛色をしていた。コナンは見たことがない種類の猫だったが、アーサーは「三毛猫《キャリコ》だ」とつぶやいていた。

「イギリス《この辺り》では珍しいな」

「『ワガハイ』って名前なのよ。銀助君がニッポンから連れてきた猫なの」

「へえ。ニッポンにも猫がいるんだな」

「無論いるさ。あちらでは長生きした猫は尾が二つに割れるそうだぞ」

「それは……あまり見たくないな」

　言葉を交わしつつ、コナンとアーサーの視線は猫のワガハイに向かっている。コナンはどちらかと言えば犬派だが、猫が嫌いなわけではなかった。

「しかし……この猫、どうも元気がないな。それほど老齢とも見えないが、体調が良くないのかな？」

　ワガハイを観察しつつ、アーサーが指摘した。

　言われてみれば、見知らぬ人間——アーサーがすぐ側まで顔を近づけているのに、ワガハイは目を閉ざして丸まったまま、ほとんど動かない。かといって、眠っているようでもなかった。「あら、ほんと」とマリーも猫の様子に顔を曇らせた。

　すると、

「そうなんですよ。昨日から妙に調子が悪くて」

　見慣れぬ茶器をトレイに載せた銀助が、キッチンから戻って来た。

　心配そうに、ワガハイに視線を送り、

「この食いしん坊が、急にミルクも飲まなくなってしまって……何か病気にかかってしまったんでしょうか？」

「ふむ……コナン、出番のようだぞ？　医学の力を見せてくれたまえ」

「え？　ミスター・ワトソンはお医者様なんですか？」

「なっ——アーサー！　誤解しないで下さい、ミスター・ナツメ。俺はまだ医学生にすらなっていないし、そもそも猫は専門外です」

「それにしたって、医療の心得があるのは、この中で君だけだ。簡単な検診ぐらいできるだろ？」

「できるわけないだろっ？　猫だぞ？」

コナンはごく真っ当に怒鳴り返したが、ふと、銀助の視線に気付き、気まずくなって唇を結んだ。

ちらりと横目に銀助を見返せば、期待の籠もる眼差《まなざ》しを向けて来る。

「……せっかくですし、お願いできませんか？」

「……いや、その……」

コナンは低い声で否定的ニュアンスを滲《にじ》ませたが、銀助の視線は揺るがなかった。何しろ迷惑を掛けている上、まさにこれからお茶までご馳走《ちそう》になる身だ。コナンは諦めてため息を吐き、仕方なく頷いた。

「けど、本当に猫のことは、何ひとつ知りませんからね？　心配なら獣医に診せることをお勧めしますよ？」

くどくどと断りを入れつつ、コナンは両手を伸ばし、優しく猫を抱き上げる。

コナンが持ち上げても、ワガハイはまるで抵抗しなかった。ただ、不快そうに低い音でゴロゴロと喉を鳴らしている。また、抱き上げてわかったが、本当にぐったりとしていた。

――これ、かなり不味《まず》いんじゃないか？

予想以上に悪い猫の様子に、専門外ながらコナンは顔を曇らせた。いくら飼い猫とはいえ、ここまで為《な》すがままというのは、体力が低下している証拠だ。

「――おい。お前、大丈夫か？」

腕の中で抱き方を変えながら、コナンは思わず猫に話しかける。

と――

突然ワガハイが激しく身動《みじろ》ぎした。落としそうになり、コナンは泡を食って猫の体を抱き直す。

腕の中のワガハイが、カッと両目を開き、硬直。コナンは青ざめ、見守るアーサーたちも口々に悲鳴をもらしたが――

次の瞬間、ワガハイは、ッペ、と口から「何か」を吐き出した。

吐き出された「何か」は、カツン、と硬質な音を立てて床に落ちた。

一同の視線が、床の「何か」に集中する。

白熱電球の光を受けて煌《きら》めく「それ」を見て、視線を送る瞳が、ひとつ残らずまん丸になる。

「――な」

コナンは驚愕《きようがく》に喘《あえ》いだ。

ワガハイが吐き出したのは、小指の爪半分ほどの大きさの、翠の宝石《ガーネット》だった。

## 3

「……また、お前等か。なんなんだよ、まったく」

銀助の部屋を訪れたクラウスは、不機嫌そうに唸った。

数時間前に別れたばかりの面々を半眼で見回して、

「うち《ヤード》だって暇じゃないんだぞ？　釈放されたその日ぐらい大人しくしてたらどうだ？」

「暇じゃないわりに酒の匂いが漂っているようだが、巡査部長？　それに、我々が何かしたわけではなく、単に居合わせたただけだ。ついでに思い出してもらいたいが、空き巣の件にしても、居合わせたから巻き込まれたに過ぎない」

「爆発の件は違うだろうが」

「あちらは居合わせることができなかったが故の悲劇だった。逆説的に、空き巣の騒ぎに居合わせたことが遠因だとも言える」

屁理屈《へりくつ》を捏《こ》ねるアーサーに、クラウスは心底うんざりして口を曲げた。コナンとしては、少なくとも自分の方は間違いなく居合わせただけだと主張しておきたかったが、いまは空気を読み、控えることにした。

「お気持ちはわかりますし、我々としてもこれ以上のトラブルは御免蒙《こうむ》りたかったですよ。けど、仕方ないでしょう？　こんな物を見つけて、届け出ないわけにもいかない」

「……ネコババしてれば済んだんじゃないか？　猫だけに」

「それが市警《ヤード》の人間の言うことですか？」

冗談に聞こえないクラウスの台詞《せりふ》に、コナンは苛々《いらいら》と嫌みを返す。コナンとしても、このような展開は心底迷惑なのだ。ただでさえ住所不定で先行きが不安だというのに、余計な厄介事に関わりたくなどなかった。

しかし、銀助の飼い猫が吐き出したのは、どうやら本物の宝石らしかった。

しかも、

「カットは甘いが、これほどの大きさ——しかも、一見エメラルドと見紛《みまが》う見事なグリーン・ガーネットとなれば、その価値は計り知れない。当然、その筋では広く知られた名玉と見るべきだ」

件《くだん》の宝石をハンカチーフでつまみ上げながら、アーサーが淡々と解説した。その目には、片目だけのオペラグラスに似た物を装着している。彼曰《いわ》く、発明品に用いられる精細な部品を扱うための、小型のアイルーペらしい。

　簡易的な鑑定を終えると、アーサーは宝石をテーブルの上に置く。その隣では、銀助が顔色をなくし、脂汗を滲ませていた。言うまでもないが、宝石は彼の所有物ではないらしい。

「……ひょっとすると、この子がどこかに忍び込んで、呑《の》み込んでしまったのかもしれません……持ち主の方には、大変申し訳なく……心苦しく……」

「これも窃盗になるのかしら？」

「猫のしたことですよ⁉　ああでも、不法に持って来たことに変わりはないですが……⁉」

「落ち着いて下さい、ミスター・ナツメ。猫のしたことです」

　マリーの疑問に打ちひしがれる銀助に、コナンが冷静に声をかける。

　当のワガハイはと言えば、すっかり元気を取り戻していた。昨日と今日の分を取り戻すべく、床でニシンの燻製《キッパー》を齧《かじ》っている。まるきり他人事のようだが、猫だけに当然ではあった。

　クラウスは盛大に顔をしかめながら、ガリガリとこめかみを掻《か》いた。

「確かに……素人目から見ても、こいつはちょっとしたお宝に違いない。が……いまのところ市警《うち》にそれらしい盗難届は出てなくてな」

「まだ無くなったことに気付いてないということですか？」

「それもあり得る。もしくは――」

「『訳あり』の品か、だね」

コナンの質問に、アーサーが横から回答した。クラウスが面倒そうに舌打ちし、コナンの胃がキリキリと痛む。

「どうしてこう次から次へと面倒事に巻き込まれるんだ？　俺は何もしていないのに……！」

　ロンドンがこれ程の魔都だとは、さすがに想像していなかった。ネコババしてれば、というクラウスの助言は、都会で生きていく上では、あながち間違っていないのかもしれない。

「とにかく、さっきも言ったが、これだけの宝石だ。専門家に見せれば、素性が判明する可能性は高い。早急に当たってみるべきだろうな」

「やれやれ。革命時に亡命した貴族の忘れ物――なんて落ちじゃなきゃいいがな」

「革命から百年近く誰の目にも留まらずにいた宝石が、ある日突然猫の口に入るなんてことはあり得ないはずさ。ただ……そうか。届け出はなし、か……」

そうつぶやくと、アーサーは「ふむ」と腕組みをして、右手の人差し指を唇に添えた。見覚えがある。空き巣の容疑者として取り調べを受けていたときにも、しばらくの間していたポーズだ。

「……ちなみに、銀助。その子――ワガハイは普段放し飼いなのかな？」

「え、ええ。いつも窓を少し開けていまして、そこから外に出ることもあります」

「行動範囲は把握しているかね？」

「さすがにそれは……とはいえ、毎日夜には帰って来てますから、それほど遠くまでは行っていないと思いますが」

「体調がおかしくなった日も？」

「はい。朝はここでミルクを舐《な》めていましたし、夜には戻っていました。元気がないことに私が気が付いたのも、夜戻って来たときですから」

アーサーの質問に、銀助は神妙に答えた。とすると、何か特別な事情でもない限り、ワガハイが宝石を呑み込んだのは、この近所ということになる。

「ミス・ハドソン。この辺りに宝石店はなかったと思うが、こんな宝石を所持していそうな住人に心当たりは？」

「ないわ。ベーカー街は住みやすいし治安もいいけど、高級住宅街ってわけじゃないから」

「良からぬ連中の隠れ家になっていそうな場所などは？」

「だから治安はいいんだって――あ、そういや昨日は珍しく近所で捕り物があったけど」

「ほお？　それは？」

「浮浪者がゴミを漁《あさ》ってて、警官が連れてってたんだって」

なるほど治安は悪くないらしいが、そこはむしろ、大規模窃盗団の跳梁《ちょうりょう》であって欲しかった。コナンとしては、いっそ「悪い奴《やつ》」の目星が付くほうが気が休まるというものだ。

アーサーはマリーの回答に、「浮浪者ねえ」とぼそぼそつぶやいた。

「銀助の方はどうだ？　持ち主に限らずなんだって構わないから、その宝石に関係がありそうな情報はないかい？」

「ありませんよ。こんな立派な石榴石《ざくろいし》なんて、見たこともありません」

「ザクロイシ？」

「ああ、失礼。ザクロ――『ポムグラネイト』のことです。ガーネットのことを、日本ではそう呼ぶんです」

「なるほど、ガーネットの赤が、果実の色に似ているからか。しかし、この宝石のように翠色の場合はなんて言うんだ？」

「さあ？　翠色の石榴石なんて、国では書物で見たことがあるというぐらいで」

銀助が困った顔で言うと、アーサーは「ふむ……」と再び黙り込んだ。彼だけでなく、コナンや銀助、マリーも、無言で互いの表情をうかがった。

――参ったな。

トランクを盗まれたときと違い、現時点でコナンたちに被害はない。このまま部外者として面倒事からは手を引きたいというのが本音だ。もっとも、マリーなどはさっきから手帳に何か書き込んでいるので、この件を記事にする気なのかもしれない。確かに、猫が宝石を吐き出したという見出しは、読者の興味をそそりそうである。

「とにかくです、レストレード巡査部長。市民としての義務は果たしたと思います。宝石は持って行って下さい。所有者が文句を言ってくるようなら、改めて謝りますから」

銀助を差し置いて、コナンは断固たる口振りで告げた。

銀助に任せていては、持ち主を探すなどと言い出しかねない。それはコナンたちではなく、スコットランド・ヤードの仕事だ。対するクラウスは、いよいよ険悪な表情を浮かべて、じろじろとコナンや銀助を見やった。

「……ひとまずお前さんたちをしょっぴけば、少なくとも今日このあとぐらいは、のんびりと酒場《パブ》に行けるんだがなー」

「遵法精神の欠片《かけら》ぐらいは見せてくれませんかね、巡査部長？」

「一昨日から働き詰めなんだよ、俺は」

「仕事でしょう？　働いて下さい」

年配の巡査部長に言うようなことではないが、コナンは切々と嘆願した。そもそもこの不良警官は——アーサーが指摘した通り——いまだって微かに酒の匂いを漂わせているのだ。働き詰めなどと、厚顔な言い分だろう。

コナンとクラウスがにらみ合い、銀助がオロオロとして、マリーが手帳にペンを走らせる。アーサーは相変わらず、腕組みしたまま黙考していた。

そこに、

「銀助さん？　マリーはこちらかしら？」

ドアをノックする軽い音と共に、女性の声がした。「姉さん」とマリーが銀助の許可を待つことなくドアを開ける。

部屋に入ってきたのは、二十代半ばと見える、エプロン姿の女性だった。「姉」とのことだが、目や髪の色こそ同じながら、雰囲気はマリーとずいぶん違う。見るからに穏やかそうな、淑女然とした美女だ。

部屋にいた見知らぬ顔に気付くと、あら、と表情を改める。

「こんにちは。マリーの姉の、ターナ・ハドソンです。マリー？　こちらの方々は？」

「うーん……一応、下宿希望者、なんだけどね」

苦笑いでマリーが答えた。さすがに、すぐに説明するのは難しかったようだ。

コナンが居住まいを正しながら、

「お邪魔しています、ミセス・ハドソン。コナン・ワトソンです。こっちは、アーサー・ホームズ。諸事情ありまして、宿を探していた際、マリー嬢にこちらを紹介していただきました。ただ、いまは少々立て込んでおりまして」

「まあ、これはご丁寧に。ただ、ミセス、ではなく、ミス、ですよ。私まだ独身ですので」

「あ、これは失礼しました」

コナンは慌てて謝罪する。マリーと同じハドソン姓の時点で気付くべきだった。もっとも、ターナはまるで気にする風もなく、「それより」と部屋の中に集まった面々を見回した。

「立て込んでいるというのは？　それに、そちらの男性は……？」

「警官よ、姉さん。レストレード巡査部長」

「警官？」

「うん。実は、さっきワガハイがおっきな宝石を吐き出してね？」

「え？　吐き出すって――宝石？　え？　なんのこと？」

まったくもって無理からぬことだが、ターナはきょとんと聞き返した。銀助にコナンたちを紹介したときといい、どうもマリーは記者にしては物事の伝達能力が心許《こころもと》ないようだ。

仕方なくコナンが後を引き継ぎ、事の次第をターナに説明した。幸い、姉の方の理解力には問題がなかったらしく、ターナは「まああ」と驚きながら宝石を見つめた。

もっとも、こうした事情の説明は、本来クラウスがすべきだろう。コナンはじろりと巡査部長を振り向いたが――

「……レストレード巡査部長？」

クラウスはターナを見つめたまま固まっていた。気のせいか、熱でもあるように顔が赤い。

「な、なんですか、急に？　大丈夫ですか？」

「……美しい……」

「は？」

ぼそりとつぶやいたクラウスの台詞《せりふ》があまりに場違いで、コナンは自分の耳を疑った。

するとクラウスは突然我に返り、あたふたと挙動を乱した。

「あ、ああ、ええと！　は、初めまして、ミス・ハドソン。クラウスと言います。レストレードです。つまりクラウス・レストレードです。巡査部長をしております、その、スコットランド・ヤードで。今年で三十になりますが、私も独身でして……奇遇ですね、ハハ！」

「……え、ええ」

「ああ～と、そ、それでですね？　実はお宅の猫が――ああいや、お宅の下宿人が飼っている猫が、突然宝石を吐き出したとのことで、慌てて駆けつけた次第でして――」

「はい。そうらしいですね」

「ええ、そうなんですよ。実にけしからんことですが、とにかくそういう訳で、及ばずながら捜査をですね……あっ、もちろん、ミス・ハドソンに何か非があるわけでは、まったく、微塵《みじん》もございませんので、そこはご安心下さい？　貴方《あなた》を疑うだなんて、そんなことは、本当に、全然！」

「は、はい。ありがとう……ございます？」

戸惑いも顕《あら》わにターナが首を傾《かし》げる。そんな仕草も確かに可憐《かれん》だったが、クラウスはいよいよのぼせ上がったかのように、熱い眼差《まなざ》しをターナに注いだ。

嘘《うそ》だろ、とコナンは真顔になり、銀助とマリーに無言で視線を送る。前者はよくわからない顔で二人を見守っていたが、後者はコナンと同じ感想を抱いたらしく——ただ彼とは逆に、これでもかと下卑た表情でにやけ笑いを浮かべていた。

「とと、とにかくっ、ただちに捜査を開始しますので、どうかご安心下さい、ミス・ハドソン。な、なに！　大船に乗った気持ちでいてくれて良いですよ？　それはもう、すぐに犯人を逮捕してみせますから！　すぐに！」

「まあ、頼もしいですわ。銀助さんは大切な借り主さんですし、どうかよろしくお願いします」

「ハッ！　お任せ下さい！」

ターナの笑顔に舞い上がるように返事をしたのち、クラウスは駆け足で部屋を出る。

それから、慌ててとって返し、テーブルの上の宝石を回収してから、改めて部屋を後にした。見送るコナンたちには、声をかける余地さえなかった。

マリーが、子ネズミの巣を見つけた野良猫よろしく、クラウスの去ったドアを眺める。

「またまたお姉ちゃんのファンクラブ会員が増えちゃったみたいね。市警《ヤード》の巡査部長っていうのは、敏腕記者的にもありがたいポジションだわ」

「発言が不穏だぞ、ミス・ハドソン。……にしても、ファンクラブ？」

「本人は無自覚だけど、姉は天然で魔性の女なの。それから、マリー、で良いわよ。お姉ちゃんと一緒だと紛らわしいし。妹もいるしね」

つまり、ウヒヒと笑うこの眼鏡の少女は、ハドソン家三姉妹の真ん中らしい。三女は次女と長女のどちら似なのか気になるところだ。

クラウスの様子にもピンと来なかったらしい銀助が、「なんの話です？」と尋ねる。コナンは何故《なぜ》か妙に心が和む思いだった。

「ま、まあ、なんだ。理由はともかく、巡査部長がやる気を出してくれたのは願ってもないことさ。あとは彼に任せていいだろう。ミスター・ナツメも、それで構いませんよね？」

「はいっ、もちろんです。元々私に出来ることもありませんし」

これでひとまず宝石の件は棚上げしていいだろう。ターナには感謝せねばならない。とはいえ、現状はマイナスがゼロになっただけで、一歩も前進していない。引っ越し先は空白のままなのだ。

「とはいえ、さすがに疲れた。今日のところは諦めて、早めにどこかホテルを探すか」

「とんでもない！　こんなにお世話になったんです。狭いですが、ぜひ泊まっていって下さい、コナン君」

「『君』付けは止めていただきたいっ。ミスター——いや、もう銀助でいいかな？　申し出はありがたいが、別に世話はしてないだろう。それに、正直これ以上、市警《ヤード》と関わりを持ちたくないんだ」

「そんなこと仰《おっしゃ》らず！　もしまたワガハイが宝石を吐き出したら、私はどうしたら良いかわかりません！」

「それは……もうネコババでいいんじゃないか？　猫だけに」

口にしてから後悔したが、それよりも疲労と面倒さが勝っていた。とにかく懲り懲りなのだ。スコットランド・ヤードも。意味のわからない「謎」も。

ところが、

「そう言えばお二人は、新居を探してるんでしたね？　もし良ければ、ここの上をお貸ししますよ？　広さで言えば、二人で住んでも大丈夫だと思います」

そう提案したのはターナだった。「お姉ちゃん？」とマリーが慌てて声を上げた。

「ミスター・藤田の了解は取ったの？　いま留守みたいだし、正直ルームシェアを承諾するとは思えないわよ？」

「それがね、マリー。言うタイミングがなかったけど、実は昨日の朝、彼から電報が届いたの。『部屋を解約したい』って」

「ええっ？　何それ？」

マリーが驚いて声のトーンを高くした。妹に告げたターナ自身も、困惑している様子だった。

　一方——

　それまでずっと沈黙していたアーサーが、ピクッ、と微かに身動《みじろ》ぎした。

「そ、それは本当ですか、ターナさん!?　私も何も聞いてませんよ？」

「もちろん、嘘じゃありませんよ、銀助さん。私も突然のことで、びっくりしちゃって。電報には理由も書いてませんでしたし」

「大丈夫なの、お姉ちゃん？　家賃を踏み倒して夜逃げしたんじゃないの？」

「それどころか、来月分まで支払い済みよ？　その返金もしなきゃいけないし、できれば直接お話ししたいんだけど……電報で解約してくるぐらいだから、もう戻るつもりはないのかもしれないわね」

「ショックです。同郷が同じ場所に下宿しているのは、嬉《うれ》しい縁だと思ってたんですが……」

　ターナが頰《ほお》に手を当てながらため息を吐いた。銀助も落ち込んだ表情で首を振る。

「とにかくそんな訳ですので——ええと、コナンさん。それに、アーサーさんでしたね？本当は、念のため一週間ぐらいは待ってみようかと思っていたんですが、いま困っている方がいるなら、お二人を優先します。うちとしても、間を空けずに新しい人が入ってくれるのは助かりますしね」

「それは——恐縮です」

突然正面からにっこりと微笑《ほほえ》まれ、コナンはつい頬を赤らめた。確かに、年上だというのに、愛らしさが抜群の美女だ。ファンクラブというのも伊達《だて》ではないのかもしれない。また、実際ありがたい申し出ではあった。何しろ、引っ越し先を求めて、ここに来たのだ。アーサーと二人でというのは大いに問題ではあるが、急場を凌《しの》げるだけでも十分助かる。

ただ、ここまで濃厚にトラブルの予感が漂っていては、素直に喜ぶのは難しい。

——さて……。

どうするか、とコナンは相談するようにアーサーに首を向けた。

ところが、アーサーはコナンなど見ていなかった。

「ミス・ターナ・ハドソン」

と、ターナに対して声をかけた。

別段鋭くもなければ、大声でもない。それでも、コナンを含め、その場にいた者たちの意識は、自然とアーサーに吸い寄せられた。

一同の視線が集中する中、

「その、藤田という人物。『電報で解約を伝えた』ということですが、それは昨日の朝で間違いありませんか？　なんらかの理由で、受け取るのが遅れたということは？」

突然の質問に、ターナは鼻白みながら「いえ」と首肯する。

「間違いなく昨日の朝でしたよ。午前十時ぐらいだったかしら。私が直接受け取ったんです」

「これまでに彼から電報を受け取ったことは？」

「初めてよ。だから私も余計に驚いてしまって……」

「解約依頼以外のことは、何ひとつ書かれてなかったのですか？」

「そうね。家財道具は好きに処分して良いですとか、食料品の類は廃棄しておくようにとか……」

「食料品？　わざわざそんな指定が？」

「高祐さんは食料品の輸入業をなさっていたみたいだから」

「……ああ、なるほど。つまり……なるほどね……」

アーサーは誰にともなく頷くと、座っていた椅子から立ち上がり、パンと両手のひらを打ち合わせた。

「よろしい。概ねわかりました。ではミス・ターナ・ハドソン。上の――２２２Bを内見させてもらっていいでしょうか？」

＊

藤田高祐なる人物が使っていた二階の部屋は、銀助の部屋とは違い、特別異国情緒を感じさせる調度品は見当たらなかった。唯一、壁に掛かる水墨画の掛け軸が目立つが、聞けばこれは元々銀助の物だったらしい。

「壁に飾る絵が欲しいということだったんで、私の部屋にあったこれをお譲りしたんです」

「いつのことだい？」

「つい先日ですよ。それこそ――」

「ミスター・藤田が留守にする直前」

「……はい。そうですね。それぐらいだったと思います」

先回りして答えたアーサーに、銀助が落ち着かない面持ちで首肯する。

一方、

「そっちのドアの向こうに寝室があるの。ここより狭いけど、三階にもう一部屋あるわ。

どうかしら？　高祐さんは一人だったけど、二人でも十分暮らせるでしょう？」

部屋を案内するターナの台詞《せりふ》に、コナンは頷かざるを得なかった。

実際、このリビングからして広い。奥には大きな窓が二つ。小振りだが暖炉も備わっている。壁や床の造りはしっかりしており、内装も古いが立派なものだった。

椅子やテーブル、戸棚といった、必要な家具もひと通り揃《そろ》っている。この様子なら、他の部屋も悪くないだろう。正直、申し分ない物件だ。いますぐにでも住み始められそうな部屋である。

ただ、逆にその「生活感」が気にもなった。見れば、コート掛けには上着がかかり、戸棚には食器が残されたまま。暖炉脇の石炭入れにはコークスが入れられており、マントルピースの上には中身の残る酒瓶が並んでいる。部屋を引き払ったという様子がまるでなく、あくまで「留守中」の部屋にしか見えないのだ。

「なんと言うか……本当に、出先で突然出て行くことを決めたって感じだな」

「ていうか、まんま夜逃げっぽい。お姉ちゃん、ちゃんと家賃貰《もら》ってたのか、もう一回確認した方がいいよ」

マリーが不審そうに言ったが、コナンも同意見だった。少なくとも、部屋を出た時点でここを引き払う考えがあったようには見えない。

「出先で何があったんでしょうねえ……ひょっとして、故郷《ニッポン》から急報でも受け取ったんでしょうか」

壁の掛け軸を見つめながら、残念そうに銀助が言った。なるほど、ありそうな話だ。それで慌てて電報を打ったのだとすれば、一応納得は行く。

「……だとすると、いまごろはニッポンに向かう船の上かもしれないな」

コナンはつぶやいたが他人事ではない。自分もついさっきロンドンを離れ汽車に乗ることを考えていたのだ。

ところが、

「いや。まだロンドンは出てないよ」

アーサーが素っ気なく言った。「何？」とコナンが聞き返すが、返事はなかった。

アーサーは部屋に入ってすぐの場所に立ったまま、ずっと部屋中を観察していた。しかし、ロンドンは出ていない、と発言したのち、足早に窓際に向かった。

窓を開け、身を乗り出して、じろじろと外の通りを見回す。それから、無言のままもう片方の窓に移動し、同じように外を見た。景色を確認する——というよりは、まるで何かを探しているかのようだ。

「素敵な通りでしょう？　馬車もよく通るから拾いやすいの。でも、夜になれば静かだから、暮らしやすい場所なんですよ？」

アーサーの背中に向かって、ターナがにこやかに説明した。下宿人候補の不審で不躾《ぶしつけ》な態度を、まるで気にする風もない。出来た人――というより、性格が大らかなのだろう。

対するアーサーは窓から身を乗り出したまま振り向きもせずに、

「ミス・ターナ・ハドソン」

「ターナで結構ですよ、アーサーさん」

「では、ターナさん。電報を受け取ったあと、この部屋には入りましたか？」

「ええ。元々、郵便物を届けたり、時々は食事を用意してあげてましたから」

「何か触りましたか？」

「え、そうね。少しだけお掃除をしたわ」

「具体的には？」

「ええと、軽く埃《ほこり》を払って、床を掃いて、ゴミを出したぐらいだけど」

「どんなゴミを出したか覚えてますか？」

「そんな特には――傷んでいた食べ物ぐらいよ。電報でも食料品は廃棄して欲しいって書いてあったから、瓶に残っていたピクルスですとか、干涸《ひから》びちゃってたハムやチーズなんかを――」

「瓶ではないな。ハムは薄くスライスされた物？」

「え、ええ」

「ふむ。ならチーズかな」

　ターナの顔に無数の疑問符が連鎖していた。彼女だけでなく銀助やマリーも――さらに言えば、間違いなく自分の顔にも疑問符が渦を巻いているはずだ。コナンは「アーサー？」と半ば咎《とが》め、半ば説明を求めるように声をかけたが、またしてもアーサーは取り合わなかった。

「……駄目だな。さすがにいるかどうか判断できない」

　とつぶやいて、窓を閉めた。

　コナンが苛々《いらいら》と、

「さっきからなんの話をしてる？　いるかどうかって、なんのことだ？」

「見張りさ」

　今度はさらっと回答が来た。ただ、その内容は相変わらずさっぱりだ。「見張り？」と目を白黒させるコナンを余所《よそ》に、アーサーは次に、壁に向かって歩き出した。

　歩きながら、

「銀助。一応確認したいんだが、ニッポンでは翠《みどり》色の石榴石《ざくろいし》は書物で見たことしかないんだったな？　その本の記述は海外の物かい？」

「え？　ああ、さっきのガーネットの話ですね？　いえ、日本の文献ですよ。戦国時代の記録に《あを石榴》という宝石の記述があるんです」

「『アオ』？　『アオ』色というのは、ニッポンでは『翠《グリーン》』ではなく『青《ブルー》』じゃなかったかい？」

「その通りです。さすがですね。ただ、古い言い方では『緑』を、『青《あを》』と表現することもあったんですよ。いまでも『青物』や『青田』みたいに、植物の緑なんかは『あを』と呼ぶ習慣が残っています」

「なるほどね。では案外、『それ』かもしれないな」

「それ？」

「そう。《あを石榴》」

どこか心ここにあらずという様子で、アーサーは言った。

そして、立ち止まる。壁に掛けられた、掛け軸の前だ。アーサーはしばらく掛け軸を眺めたあと、さっと手を伸ばしたかと思うと、止める間もなくひと息に、掛け軸を引っぺがした。

あまりの傍若無人さに、コナンが思わず怒声を上げかけた。

が、その声は口から出る寸前に、喉の奥へと吸い戻された。

――なっ、……⁉

自分の目を疑った。

外された掛け軸の下。

壁に、緋色の紋様が描《えが》かれていた。

間違いない。あの血文字だ。

「……う、嘘《うそ》でしょ？　これって……」

コナンの部屋を見たマリーも、彼と同じように息を呑む。

一方、紋様を顕《あら》わにしたアーサーは、まるで動じずに、

「――ふん」

と鼻を鳴らした。

「これで点と点が繋《つな》がったが、まだ『線』だな。『図面』が見えるのは、まだ先か」

「……ア、アーサー？　これは……」

「コナン。レストレード巡査部長に本日三度目の御足労を願うとしよう。なに、あの様子なら、今度は大急ぎですっとんで――」

「——『誅《ちゅう》』」

ぽつりとつぶやかれた声は、壁の紋様を呆然《ぼうぜん》と見つめていた銀助のものだった。

アーサーが目の色を変えて、

「読めるのかっ？」

「は、はい。かなり崩して書かれていますが、これは漢字ですね。中国の文字ですが、日本でも使用されています」

「意味は？」

「ええと、そうですね……少し特殊な観念的意味合いも含む言葉なんですが……まあ、近い言葉を挙げるなら……」

銀助は少し迷ったあと、おもむろに答えた。

「『罰《パニッシュメント》』です」

## 4

時の流れが身を刻むようだった。

窓の外はとっくの昔に夜の帳《とばり》が下りていた。こうしている間にも、事態は取り返しが付かない方向に動いているかもしれない。代々伝わる秘宝の行方を思い、男は重苦しいため息を吐いた。

せめてもの慰めは——皮肉極まるが——いま彼がいる「この場所」なら、少なくとも彼の身は安全だということだろう。唯一の特技の変装術がこんなところで我が身を助けようとは、それもまた皮肉な話だ。下手に動けば、網に掛かる。いまはこうして潜伏するのが、生き延びるための最適解だろう。

それとも……。

逆だろうか？　このささやかな安全が、己を縛る鎖となっていることも考えられた。

動こうと思えば動けるのだ。容易《たやす》くはないが、不可能ではない。

にもかかわらず、「奴《やつ》」と向き合う恐怖を逃れるため、自分はここに留《とど》まっている。「戦う」決断を下せないがために。

「……違う！　それは違うぞ。逃げるという判断自体は間違っていない。戦って勝てる相手ではないんだ」

自分は所詮、血筋に従っただけの凡夫に過ぎない。しかし、「奴」は違う。あれは天才だ。「奴」との真っ向勝負など、どう考えても勝ち目はない。なんとしても避けるべきなのだ。

「くそっ。どうして、こんなことに……！」

上手《うま》く行ったと思っていた。事実、もう何年もの間、何も問題はなかったのだ。

しかし、偽りの安寧は脆《もろ》くも崩れた。いまや自分は「奴」の獲物——標的だ。そして、「奴」が標的を逃したことなど、彼の知る限り一度もなかった。

「ああ、くそっ、くそ！　ジョナサンとジョンは何をしてるんだ。いや、あのガキどもの話が本当なら、下手をするとジョナサンはもう……ああ、畜生！　小三郎《こさぶろう》め！　あのとき死体を確認していれば！」

男は煩悶《はんもん》し、頭を抱える。痛恨の思いを抱えたまま、深く闇に沈んでいく。

しかし——

「……以上かな？　どうせならもう少し自供してくれれば良かったが」

どこからか聞こえてきた声に、男がビクリと全身を竦ませる。直後に「おいっ、アーサー」と咎める声が聞こえ、男は唖然《あぜん》とした。

どちらも聞き覚えがあったのだ。今日の朝聞いた声。ジョナサンに関する情報を話していた、あの二人組の声だった。

果たして、鍵の開く音が響き、地下の留置場にどかどかと人が入ってくる。男は慌てて独房の奥に退いたが、まるで彼を追うかのように、鉄格子の前に複数の人影が押し寄せてきた。

その数、五人。

独房の鍵が開けられる。先頭の一人が独房に入り、手にしていたランタンの光を掲げた。闇に沈む男を、光の中に浮かび上がらせる。

「さて。寝込みを襲うことも考えたんだが、銀助曰《いわ》く、貴方《あなた》も『ブジュツ』を使うらしいから、そちらの案は諦めた。どうせなら自分で変装を解いてもらえるかな？」

先頭の男に続き、さらに一人が悠々と、そしてもう一人が慎重に独房に入ってきた。話しかけたのは悠々とした態度の男だ。真《ま》っ直《す》ぐに告げる挑発的な声は、確信に満ちていた。

こちらの正体に気付いているらしい。

だが、「どこまで」知っているのかは定かではなかった。というより、いまの質問からすると、少なくとも「奴」——小三郎の手の者ではないと判断できる。

男は奥歯を嚙《か》み締める。抵抗することは可能だが……意味があるとは思えなかった。

男は舌打ちし、ランタンの光に目を細くする。

そして、縮れた白髪のカツラを取り、顔に貼り付けていた変装用の皮を剝《は》ぎ取った。

独房の外に控えていた二人から、息を呑む気配がする。

「嘘⁉」

「そんな――藤田さん⁉　藤田さんですよね？」

聞き覚えのある声は、今朝も聞いた大家の孫娘、それにおせっかいな階下の隣人だ。

藤田高祐の名で知られる男は、狷介《けんかい》な表情を浮かべて訪問者たちをにらみつけた。

*

三度目に会ったクラウスにアーサーが要求したのは、今朝釈放されたスコットランド・ヤードの留置場を再び訪問することだった。

アーサーが会いたがったのは、勾留されていた彼とコナンの隣の独房にいた罪人。緋色《ひいろ》の紋様――東洋の血文字の話に食い付いてきた男だった。

あのとき、男の台詞《せりふ》には微《かす》かな訛《なま》りがあった。コナンは気にしなかったが、アーサーはあれを覚えていたらしい。

「イギリス人ではないと推測した。イントネーションで言えば、ブリタニアの英語に近い。

ただ、あの話題に食い付いたからには、東洋人である可能性も高いと考えた。まあ、結局だんまりを決め込まれたから、彼に関してはそれまでだったがね」

しかし、クラウスに確認し、件《くだん》の罪人が、マリーが話題に挙げた「昨日ベーカー街でゴミを漁《あさ》っていて警官に連れて行かれた浮浪者」だと知った時点で、

「ほらな？」

とアーサーは肩を竦《すく》めたのだった。

コナンとしては、何が「ほらな」なのか皆目見当が付かなかったし、実を言えばあまり詳しく聞きたいとすら思わなかったのだが、こうして浮浪者の正体を知ったいまとなっては、さすがに聞かざるを得なかった。

「……どういうことなんだ、アーサー？　頼むからわかるように説明してくれ。できれば、一から」

「今回知り得た情報は、僕も君も同じだぞ、コナン。これだけパーツが揃《そろ》っているのだから、あとはそれを組み立てればいいだけだ。本当なら裏付けを取りたかったが――まあ、『彼』が『藤田高祐』だった以上、推測通りと見て問題あるまい」

「だ、か、ら、わかるように、説明を、してくれっ」

低く唸《うな》るコナンに続いて、ランタンを手に同行していたクラウスも口を開く。

「そいつの言う通りだぞ、ミスター・ホームズ。宝石の持ち主を教えるって言うから、わざわざ牢屋《ここ》の鍵を開けてやったんだ。説明しろ、説明」

クラウスらしからぬ真面目な口振りは、少しでも早くターナに良いところを見せたいからに違いない。彼とコナンだけでなく、わざわざ留置場に付いて来ている銀助とマリーも、同意する様子で何度も頷いた。

一同の催促に、アーサーはやれやれと首を振る。

そして、おもむろに翠《みどり》の宝石を取り出した。

「それは!?」

独房の男——変装を解いた藤田が目を剝《む》いた。

アーサーは藤田を見つめつつ、

「一応確認しよう。貴方の《あを石榴《ざくろ》》で間違いありませんね、ミスター・藤田？」

「なっ!?　……どうしてそれを？」

「『それ』が石の由来に関する知識のことなら、こちらの銀助から聞きました。ニッポンではそれなりに知られた宝石らしいですね。そして、『それ』が《あを石榴》の所有者に関することなら……他にそれらしき所有者候補が見当たらないからであり、同時に貴方があまりにも条件を備え過ぎているからです。ニッポンの宝石に、消えたニッポン人。食料品に関する指示と、ゴミを漁って捕まった浮浪者。壁に残された『誅』の漢字と、その話題に関心を見せた罪人。ほら？　実にわかりやすい。あまりにもすべてが整い過ぎているから、逆になんらかの罠《わな》かと疑いたくなるぐらいです」

アーサーは得意顔ですらすらと述べたが、ふとコナンの眼差《まなざ》しに——必死に苛立《いらだ》ちを抑える半眼に気付いて、ゴホンと空咳《からせき》を打った。

「ま、まあ、一からというリクエストでもあるし、今回の騒動のあらましを時系列順に追ってみようか。まず……始まりは我らが元大家、ジェファーソン・スタンフォードの場合と同じだ。つまり、壁に印《しる》された緋色の紋様——『誅』の警告が発端さ」

「警告——そう言えば、今朝もそんなことを言っていたな」

「そう。銀助から紋様の意味を聞いて確定した。やはり推測通り、スタンフォード宅の二階の住人は、あの警告を受けて行方を晦《くら》ましたんだ。そしてそれは、このミスター・藤田も同様だね。壁に印された警告を見た彼は、マリーが夜逃げと疑ったぐらい、取るものも取りあえず部屋から逃げ出した。ただ……『あえて』残していった物もある。それがこの宝石、《あを石榴》だ」

「な、なんで残していったの？」

質問したのはマリーだ。アーサーは「そうだな」と、考えを巡らせるように視線を宙に向ける。

「複数の理由が考えられるが、一番大きいのは『保険』だろうか。万が一、自分が逃げ切れず警告を残していった相手に捕縛されたとしても、貴重な宝石があるとすれば、それと引き換えに身の安全を交渉する余地が生じるからな」

「待て、アーサー。向こうは部屋に侵入して警告を残しているんだぞ。その部屋に宝石を残したところで、結局は見つかるだろ」

「当然、ただ残したわけじゃなく、見つからないよう『隠した』のさ。そうでしょう、ミスター・藤田？」

コナンの問いに答えつつ、アーサーは藤田に確認する。藤田は無言。唇を固く結んだまま、アーサーをねめつけている。

コナンが再び、

「隠したって、どこに？　第一、この男は結局、部屋を解約している。宝石を隠していたなら、そんな真似《まね》をするはずが――」

「そう、そこで電報だ」

「電報……って、解約のときの？」

コナンが念を押すように確認すると、アーサーは「その通り」と首肯した。

「件の電報はここに来る前にターナ嬢に実物を見せてもらったが、まず、電報にしては不自然な長文だった。内容はあのとき彼女が言ったとおり、『部屋を解約したい』、『家財道具は好きに処分して良い』、『ただし食料品の類はすぐに廃棄して欲しい』という三点だが、はっきり言ってこの電報は『部屋を解約したい』のひと言で済む。その後連絡が途絶えれば、家財道具にしろ食料品にしろ、結局は処分されるんだからな。さらに言えば、そもそも解約の意思を伝える必要すらないはずなんだ。何しろ、警告を受けて逃亡中の身だ。部屋など放置して構わないし、むしろその方が警告者の目を部屋に向けることができる。実際、あえて部屋を必要以上に片付けなかったのは、戻る意思があるかもしれないと警告者に思わせるためだったんじゃないかな？」

アーサーはそう言ってちらりと藤田の反応を窺《うかが》ったが、彼は相変わらず沈黙を守っていた。

　アーサーは気にせず続ける。

「部屋を解約してしまえば警告者はそれ以上部屋に注意を割かずに済み、結果、追跡に集中されてしまう。にもかかわらずミスター・藤田は、君の前の住人と同じように、わざわざ電報を打った。なぜか？　……生憎《あいにく》、君の前の住人に関しては情報が足りないが、ミスター・藤田の場合は明解さ。彼が本当に伝えたかったのは、部屋を解約することでも、家財道具を処分することでもなく、『食料品を廃棄しろ』という点だったわけだ」

「……なんでそんなことが断言できる」

「決まってるだろ。現にミスター・藤田は『ゴミを漁って』捕まっているんだ」

「ゴミって……あ！　つまり廃棄した食料品かっ？」

コナンが叫ぶと、アーサーはよく出来ましたと言わんばかりに頷いた。

「おそらくミスター・藤田は、部屋から逃げたあと、警告者の影を警戒しつつ市内に潜伏していたんだろう。さっきの変装は見事なものだったし、警告者も彼を捕捉することは難しかったんじゃないかな？　そして、自分が警告者の目から逃れていると確信を得た彼は、本格的に逃亡する前に隠しておいた宝石を回収することを考えた。そこで食料品を廃棄するよう電報で指示を出し、それを回収すべく動いたんだ。つまり――」

「……宝石を隠したのは、食料品の中だったのか……！」

「そう。正確には『チーズ』だろうね」

コナンは我知らず唾を飲み込んでいた。

――そう言えば……！

ここに来る前の、アーサーとターナのやり取りを思い出す。瓶のピクルスでもスライスされたハムでもなく、チーズ。アーサーはあのときすでに、そこまで見抜いていたのだ。

いや、それだけではない。アーサーは２２Ｂの部屋に入ったとき、まず窓から外を確認していた。「見張り」を捜すために。彼は、藤田が戻ることを想定した警告者が、いまも部屋を窺っている可能性を考慮していたのである。いみじくもアーサーに指摘されたが、ずっと共に行動し同じ情報を得ていながら、彼とコナンとではまるで違うものを見ていたという証左だ。

――こいつ……。

　このにやけ面をした青年は、自分と同じ場所にいながら、異なる世界に生きている。自分が知覚しているよりも、遙《はる》かに深く、広く、精密な世界に。そんな感覚に、コナンはゾワリと背筋を冷やし――同時に強く惹《ひ》き付けられた。

　いま目の前にいるのは、自分がまだ知らない種の、自分を多くの面で凌駕《りょうが》する、生物だった。その事実に、いまさら気がついた。そんな気分だった。

　対するアーサーは、コナンの感慨を察する風もなく先を続ける。

「ところが、ミスター・藤田の思惑は計画通りには進まなかった。廃棄されたチーズの中には、隠したはずの宝石がなかったんだ。焦った彼はさらにゴミを調べ――あげくに警察に連行される。もっともこれは、半分は意図的に捕まったんじゃないだろうか？　おそらく彼は、計画の失敗に、警告者が関わっている可能性を考慮したんだ。それで、いっそ市警《ヤード》に身柄を保護してもらう方が安全と考えたんだろう」

と、そこまでアーサーが言ったときだ。

「……どうして隠し場所がわかった」

初めて藤田がアーサーに問いかけた。低い、わずかに訛りのある口振りには、抑えられた怒りと憎しみが籠もっている。

「なぜお前が《あを石榴》を持っている。いつの間に手に入れたんだ。お前は——小三郎の手の者なのか？」

「小三郎、ね。さっきも口にしていたようですが、それが警告者の名前ですか。やはりそちらもニッポン人らしい……もっとも、今回の件に関して言うなら、僕は小三郎ではなく、ワガハイの手の者ということになりますね」

「なんだと？」

藤田が意味がわからないまま顔を歪《ゆが》めた。一方、コナンと銀助、マリーは、いまさらながら、ああ、と複雑な表情を浮かべる。

どうしてわかったも何も、実のところ誰も宝石のことなど知らなかったのだ。ただ、ワガハイが二階の部屋に入り込み、そこにあったチーズを齧《かじ》っただけなのである。そして、チーズの中に隠されていた宝石を呑《の》み込んでしまい——さっきみんなの前で吐き出した。

それが事の真相だったに違いない。

「なんと言うか……やはり何か、申し訳なくなりますね……」

「……記事にしづらいわ。ちょっとこう、絵空事みたいって言うか……」

銀助とマリーがぼそぼそと言葉を交わした。コナンも概《おおむ》ね同感だ。

すると、それまで黙っていたクラウスが、「……結局だな？」と口を開いた。

「その宝石の持ち主は、この浮浪者だったわけだな？　で、この浮浪者は実は浮浪者じゃなくて、ターナさんのところの下宿人だった、と。……じゃあ、宝石をそいつに返せば、事件は解決ってことでいいのか？　つうか、そもそもこれ、事件なのか？」

クラウスの率直な疑問に、誰も答えることができなかった。

ただ、言われてみれば、藤田は何か罪を犯したわけではない。自分の宝石を隠し、それを取り戻そうとしただけだ。一方的に部屋を解約したことや浮浪者に変装したことも、法を破ったことにはならないだろう。

アーサーが肩を竦め、

「あえて言えば、例の空き巣事件の容疑者、かな。加害者側ではなく被害者側らしいが、少なくとも真犯人の関係者ではあるようだ。そうですね、ミスター・藤田？」

「………」

「あえて市警《ヤード》に勾留されるぐらいだ。この際、全部話してみたらどうです？　もっとも……それが出来ない理由があるから、こんな迂遠《うえん》な方法を取っているんでしょうけど」

アーサーの言う通り、何者かから警告を受けて身の危険を感じているなら、素直に警察に訴えて保護を求めるべきだろう。そうしない――出来ないということは、何か藤田自身にも後ろめたいことがある証拠である。

銀助は壁の文字を、「罰」と訳した。

それはつまり、藤田に「罪」があるということではないか？

藤田は何も言わない。ただ黙ってアーサーをにらみ続けている。

だが、そのときだ。

不意に背後の――出入り口側にあったガス灯の明かりが消えた。

続いて、一同が振り返った直後、

「うおっ!?」

ガラスの割れる音と共に、クラウスが提げていたランタンの光も消失した。

途端に、辺りが暗闇に包まれる。マリーの悲鳴。「なんだっ!?」とコナンが叫んだ。

「皆さん、動かないで！」

鋭い指示は、銀助だった。コナンは――おそらく他の者たちも、とっさに動きを止める。

しばしの間、闇の中に、刃物のような静寂が訪れた。

その静寂の中、ほんの小さな呼気が聞こえた。

間を置かず、

「あっ……が……!?」

苦しげな呻《うめ》き声がした。聞こえて来たのは独房の奥。藤田だ。

チッ、と誰かが——クラウスだ——舌打ちした。ガサゴソと衣擦《きぬず》れの音がして、小さな明かりが灯《とも》った。

マッチの明かり。クラウスが所持していたマッチを擦って火を付けたのである。

「巡査部長！　これを」

アーサーがハンカチーフを差し出し、受け取ったクラウスはマッチで端を燃やした。わずかに強くなった明かりを、クラウスは独房の奥に放り投げる。

床に落ちた燃えるハンカチーフが、弱々しく周辺を照らす。マリーが「ひっ」としゃくり上げるような声をもらした。

冷たい床の上に、藤田が俯《うつぶ》せに倒れていた。横向きになった顔は硬直し、両目は見開かれたまま、口の端から泡を吹いている。コナンが慌てて駆け寄り、藤田の傍らにしゃがみ込んだが……脈を取る前から、結果は予想が付いていた。

「……駄目だ。死んでる……」

「違う！　殺されたんだ！　気を付けろ、犯人が側にいるぞ！」

アーサーが警告した。コナンは思わず身構えた。

クラウスがもう一度舌打ちしながら、懐から拳銃を抜き出したが――

「……いいえ。もういません。いま、ほんの少しですが、階段の方から足音が聞こえました」

厳しい声で銀助が言った。

地下の留置場に、再び静寂が戻った。緊張の糸が切れたように、マリーがへなへなと床に座り込む。クラウスが、低い、獰猛《どうもう》な唸《うな》り声を上げる。

コナンはもう一度藤田の身体――遺体を確認したあと、ゆっくりと腰を上げた。呆然《ぼうぜん》と立ち竦《すく》むアーサーと顔を見合わせ、

「……どういうことだ？　何が、どうなってる？」

「……どう、だって？　初歩的なことだよ、コナン」

顔色をなくしたまま、アーサーは震える声で告げた。

「警告者が、罪人を誅《ちゅう》した。どうやら、ついに『事件が起きた』らしい」

## 幕間《まくあい》

痛感するのは、自らの衰え。全盛期の切れには遠く及ばず、いつしくじってもおかしくはないという自戒が、深く胸中に刻まれるばかりだ。

それでも――

まずは、ひとつ。

興奮も感慨もないまま、彼は冷徹にロンドンの暗がりを進む。

妙な第三者が首を突っ込んでいるのは気に食わないが、その対策に労力を割くほどの障害ではないだろう。それよりも「次」だ。衰えを自覚するならば、なおさら集中せねばならない。

ただ、「次」はより慎重に判断する必要がある。場合によっては、標的から外すという選択さえあり得るだろう。

己の中の復讐《ふくしゅう》を翻すつもりはさらさらない。が――己の妄執に「あれ」を付き合わせるのは本意ではなかった。自分と切り離された場所での幸福があるのなら、それは素直に認めてやりたい。過去の怨念で手を出すのは、違う。

ともあれ、情報だ。現状を正確に把握せねばならない。幸い、彼が利用している情報網は極めて優秀だ。《教授《プロフェッサー》》に頼るのは癪《しやく》だが、己の思いなど犬にでも食わせればいい。

為《な》すべき事を為す。

そのためだけに、自分は地獄から甦《よみがえ》ってきたのだから。

# 事件3
## 「やし屋敷」

# 1

コナン・ワトソンの引っ越しはトランクひとつで片が付いたが、アーサー・ホームズはそうはいかなかった。

まずは、元いたモンタギュー街の二階を埋める瓦礫《がれき》の中から、可能な限り私物を――というより資材を――掘り起こし、借りた二輪馬車《トラップ》の荷台に積み込んで、ベーカー街に運送する。馬車の往復は十数回に及び、最初は前払いの仕事に機嫌の良かった御者も、最後にはうんざりとしていた。

「必要な家財道具がひと通り揃《そろ》っているというのは、手間が省けて助かるな」

「……これ、そのまま使うのか？　あの藤田って男の物だぞ？　不吉じゃないか？」

「何を非合理的なことを。不吉というなら、この部屋がそもそも不吉だろう。壁紙は張り替えたんだ。何ひとつ問題はない」

夏の陽射《ひざ》しの下荷物を運び入れながら、意外に図太いアーサーに、コナンはため息を吐く。もっとも、コナンも医学を志す身であり、迷信やジンクスなどよりは合理的判断を重んじるタイプだ。それ以上拘《こだわ》ることなくアーサーに従った。

ただし、部屋割りに関しては絶対に譲らなかった。コナンが三階で、アーサーが二階。この条件が呑《の》めないならルームシェアの話は白紙に戻すと宣言したが、アーサーは特に反論もしないまま、あっさりコナンの提案をのんだ。とはいえ、仮に二階が爆発した際、三階が無事で済むかと言われれば、そこにはなんの保証もなかったのだが。

――こうなったらもう、なるようになると考えるしかない。なるようになるさ。

太いコードの束を抱えながら、コナンは腹の据わった顔で頷いた。とはいえ、いま運んでいるこの――やたらと重たい――コードが、将来自宅の床が抜ける一因となるかもしれないのだ。そう思うと、部屋ではなくゴミ捨て場に運びたくなる。

ロンドン最初の住まいが瓦礫に埋もれたあの日から、三日が過ぎていた。まだ三日なのかと思うと、目眩《めまい》がしそうだ。

爆発騒動に続いて起きた宝石騒ぎが、持ち主の急死で劇的な幕を閉じたのち、結局コナンとアーサーは夏目銀助の部屋の床で夜を過ごし、翌日の昼まで寝続けた。起きて、簡単な食事――とはいえ、銀助の振る舞ってくれた異国の食事は、なかなかに風情があったのだが――を終えたあとは、クラウスの呼び出しでスコットランド・ヤードに直行。そのまま夕方までたっぷりと事情聴取を受けている。もっとも、二人が知り得たことは、地下の留置場ですべてクラウスにも伝わっていた。大した成果もないまま解放され、またしても銀助の部屋に戻ったのち、改めてターナに上階を――２２２Bを借りたいという旨を伝えて、書類にサインしたのである。それから、銀助の厚意に甘え、彼の部屋の床でもう一泊したのち、こうして引っ越しを行っている。

ありがたいことに、引っ越し作業には銀助も手を貸してくれた。宝石騒動を解決してくれた礼ということだが、二泊もさせてもらったことといい、彼にはずいぶんと借りができた。

ただ、そうした殊勝な思いを抱いているのは、どうも自分だけらしい。

「どうだい、銀助。これからは同じ屋根の下で暮らすわけだし、引っ越し祝いの贈り物に、上等な桜石など――」

「はいはい、わかりましたよ。すぐには無理ですが、実家に打診してみます。多分大丈夫だと思いますよ」

「本当に!?　なんと素晴らしい！　できれば、今後は定期的な取り寄せをだね？」

「アーサー。いい加減にしろ」

とりあえず、引っ越したあともアーサーが発明を継続することは間違いないようだ。頭の痛い問題である。が、差し当たっては黙殺するしかないだろう。なるようになる。

「ところで、銀助。まだ時間はいいのか？　あの男の葬儀に参列するんだろ？」

「はい。葬儀は夕方からなので。特に準備することもありませんしね」

銀助は微笑《ほほえ》みながら答えたが、浮かべた微笑には隠しきれないやるせなさが滲《にじ》んでいた。

正直、藤田が銀助に親近感を抱いていたかは疑問だ。それでも銀助としては、同じ日本人ということで仲間意識を持っていたらしい。そんな隣人が、目の前で「殺された」のだから、動揺するのは無理からぬことだろう。

藤田の遺体は事件翌日にスコットランド・ヤードで解剖された。死因は毒物に因るものだということだが、詳しいことはまだわかっていない。

ただ、殺害手段は判明していた。実は、藤田が殺された直後、アーサーが遺体を調べた際に、側に落ちていた凶器を発見したのである。

それは、丈夫な紙で作られたペン先サイズの三角錐《さんかくすい》と、その先端に取り付けられた、鋭利な針だった。また、クラウスが所持していたランタンの破片の中にも――こちらの針は先端が潰されていたが――同じ物が見つかっている。

「矢だ。吹き矢《ブロウガン》の」

マジマジと凝視するコナンやクラウスに、アーサーはそう説明した。

つまり犯人は、毒を塗った吹き矢で、藤田を殺害したのである。

「しかし……いまだに信じられないよ」

と、荷物運びを手伝う銀助に、ついコナンは胸中の思いを口にした。

留置場の出入り口の扉は開いたままだった。あのとき犯人は、藤田に気を取られる一同の背後から、留置場に侵入して来たのだ。

犯人はまず出入り口近くの壁に設置されていたガス灯の明かりを消す。次いで、吹き矢でクラウスの持っていたランタンを破壊し、辺りを暗闇に落とした。それから藤田を吹き矢で殺害し、速やかに現場を去ったのである。

だが、

「そんなこと、本当に出来るものか？」

何しろ現場はスコットランド・ヤードの留置場だ。夜間とはいえ、誰にも見つからずに潜入している時点で尋常ではない。

「あそこは、明かり取りの窓こそあったけど、外は真っ暗で——明かりが消されたあとは自分の爪先すら見えなかった。犯人はそんな状態で、独房の奥にいた被害者を、鉄格子越しに吹き矢で狙い撃ったんだぞ？」

「……確かに、相当な離れ業なのは間違いありませんよね。市警《ヤード》の留置場内で、しかも目撃者が多数いる状況での暗殺なんて」

改めて回想してみても、やはり信じがたい話だ。

しかし、

「そうでもないぞ？　何しろ、僕の推理が確かなら、犯人は『小三郎』なる『ニッポン人』だからな」

二人の会話を聞きつけたのか、奥の部屋に引っ込んでいたアーサーが顔をのぞかせた。

「日本人なら、何かあるんですか？」

「おいおい、銀助。当のニッポン人が何を言うんだ。いるだろ、ニッポンには？　暗闇の中、離れた場所からでも、鉄格子の隙間を縫って吹き矢を命中させられるような、暗殺のプロフェッショナルが！」

「……まさか忍者のことを言ってます？」

「イエス！　まさにそのニンジャだ！　サムライを東洋の騎士《ナイト》とするなら、ニンジャはさしずめ東洋の黒魔術師《ウォーロック》と聞く！」

「いや、誰に聞いたんですか、そんなこと？」

「待て、アーサー。黒魔術だと？　この犯人は魔法を使うとでも言うつもりか？　冗談だろ」

「決めつけは偏見のもとだぞ、コナン。僕とて科学の信奉者だ。超常現象を良しとする気はないが、だからといってまだ解明されていない東洋の神秘が存在することを、頭から否定するほど狭量でもない。彼らは皆黒装束で闇に潜み、ときに火を吹き、水面を駆け、巨大なカエルを使役するという！」

「……魔法というより、大道芸みたいだな」

「ニンジュツだ！」

どこまで本当なのか――というより、どこまで本気で言っているのかわからず、コナンは顔をしかめる。他方、銀助は盛大にため息を吐いた。

「盛り上がっているところ済みませんが、忍者というのは要するにスパイのことですよ。まあ確かに、工作員として特殊な訓練を受けていたとも言われてますけどね？　実態はともかく」

「え、じゃあ、本当に火を吹くのか？」

「ひょっとすると、中にはそういう仕掛けを作った者もいたかもしれません。けど、あくまで『仕掛け』です。魔法じゃありませんから。それに、忍者が活躍したのは、もうずいぶんと昔のことで、それこそ何百年も前の話なんです」

「そうなのか？」

「まあ、そのあとも少しは残っていたかもしれませんが……少なくともいまの日本に忍者なんていませんよ」

「表向きそういうことになっているのは知っている」

「ほんと、それ誰に聞いたんですか、アーサー君？　あれだけ日本に詳しいのに、なんでそこだけ知識が偏ってるんです？」

銀助が迷惑そうに半眼でアーサーを見やる。彼の部屋を見てもわかるが、銀助は愛国心が強い方らしい。妙な風聞を流されては困るのだろう。

アーサーは不服げに口を尖《とが》らせた。

「なんだい。君たちが、僕の推理が信じられないと言ってたから、新たな可能性を示してやったんだぞ？　それも否定するというなら、別の仮説を提示してみたまえ」

「推理ってほどのものでもないだろ。目の前で起きたことだ。実際、お前の言うとおり、犯人は暗闇の中、俺たちの背後から吹き矢で犯行に及んだんだろうさ。信じがたくとも……ミスター・藤田が死んだのは事実だからな」

コナンはそう言うと、複雑な面持ちで肩を竦《すく》めた。

コナン自ら口にした通り、起きたことはシンプルなのだ。極めて困難だとしても、不可能な犯行ではない。疑う余地はないだろう。

ところが、

「おや、そうかい？　なら僕は、もっと信憑性《しんぴょうせい》の高い『あり得そうな』仮説を、もうひとっ提示してみせようか？」

一転、アーサーがニヤニヤと笑いながら言った。「なんだと？」と驚くコナンの前で、極めつけに人の悪い顔になり、銀助を指さした。

「藤田高祐を殺害したのが、夏目銀助だという仮説だ」

「――って、ええええっ⁉　ちょ、ちょっと待って下さいよ、アーサー君！」

「銀助は漢字が書けるし、同じ建物に住んでいるんだから、この部屋《222B》に侵入することも容易いだろう。例の血文字を書き残すのは簡単だ。昨日のあの場面にせよ、彼とマリーだけは独房の中にまでは入っていないし、僕らの背後にいたから、どんな動きを取っていたかまでは確認できていない。ガス灯の明かりに仕掛けを施す余裕もあったかもしれないし、暗闇の中で吹き矢の狙いを付けることも、あの距離ならだいぶ『あり得る』はずだ。吹き矢なら、あらかじめ衣服の下に忍ばせておくことも可能だろうしな。動機は――そうだな。《あを石榴《ざくろ》》が欲しかったとかかな？　一応彼の『拾得物』と主張できなくもないだろうからな。あとは、本来の所有者を消してしまえば――」

「勘弁して下さい！　そんなの、とんだ濡《ぬ》れ衣《ぎぬ》ですよ⁉」

「レストレード巡査部長辺りなら、乗ってくれそうじゃないか？　何しろ目の前で殺されたもんだから、さすがに躍起になって犯人を追ってるし」

「冗談じゃありません！　それ以上ふざけるなら、桜石の件は白紙に戻しますよ？」

銀助は顔を真っ赤にし、アーサーはさすがに詫《わ》びを言った。コナンも呆《あき》れて同居人となる青年をにらむ。わざわざ引っ越しの手伝いをしてくれている銀助に対し、悪ふざけが過ぎるというものだ。

ただ、

「僕らは事件の最初から一緒だったからわかってるがね、銀助。何も知らない第三者が見れば、君はそれぐらい『危うい立場』だということは理解しておいた方が良いぞ」

そう言われて、銀助は苦虫を噛《か》み潰したような顔を見せる。

実は銀助への忠告――ではなく、絶対単にからかっただけだとは思うが、アーサーの指摘自体は間違っていないかもしれない。コナンも言われてみるまで気付かなかったが、確かに銀助の立場は、要らぬ誤解を招きやすい。宝石の件がなくとも、ニッポン人同士のいざこざと決めつけられかねないのだ。

「些《いささ》か癪《しゃく》だが、アーサーの言う通り、しばらくは気を付けた方がいいかもしれないな」

「はあ。とはいえ、いまさらどうにもできませんよね、それ？」

コナンの台詞《せりふ》に、銀助はいよいよ不安そうになる。ワガハイの体調不良に心を痛め、謎の宝石で胃を痛めた上に、この仕打ちだ。人が好いことがわかっているだけに、なんとも気の毒に思えてくる。

　ところがアーサーは、どうにもできないと諦める銀助に向かい、

「いまからでも身の潔白を証明する方法ならあるぞ」

「えっ？　なんですか？　ぜひ教えて下さい！」

　すぐさま縋《すが》るように答えた銀助に、アーサーはニヤリと笑う。

「簡単さ。真犯人を捕まえればいい」

＊

「それで、結局その珍しい宝石は、どうなったの？」

「レストレード巡査部長が押収したままだよ。銀助は自分が拾得したと申し出るつもりはないはずだから、当分は持ち主不在で市警《ヤード》の倉庫の中じゃないかな」

「ええ～、そうなの？　お姉ちゃんたちばっかりズルイ。私も宝石見てみたかった！」

　そう言って、少女は可愛《かわい》らしく唇を尖らせた。

　歳《とし》は十歳になるらしい。子供らしいブラウスとスカート姿で、小さなエプロンを着けているのは、上の姉とお揃いにしているのかもしれなかった。ただ、彼女よりは下の姉に似

て、溌剌《はつらつ》とした元気の良さが印象的だった。

ハドソン家三姉妹の三女、サラ・ハドソンである。二人の姉、ターナ・ハドソンとマリー・ハドソンも同じくテーブルに着いている。

ベーカー街２２２Ｂ。

コナンとアーサーは引っ越しを終えた新居のリビングに、大家となる三姉妹を迎えていた。もっとも、どうも家の持ち主は彼女たちの祖母らしいので、正確には大家の孫娘たちということになる。ただ、祖母は田舎に隠居しており、実質的には彼女たち——特に長女のターナが大家代わりなのだそうだ。

そのターナが二人を歓迎するため、夕食を用意してくれたのである。テーブルには手作りのパイや焼き立てのパン、チキンのカレー料理などが並んでいる。

それにワインだ。しかも、かなり高価な物である。

なんとも恐縮なことだが、

「来月分の支払いが余っちゃったから」

台詞そのものではなく、そう口にしたときのターナの面持ちから、コナンはこれが二人の歓迎会であると同時に、彼女なりの弔いでもあることに気がついた。だから、最初の一杯は彼女に合わせ、黙って死者に献杯した。

　ちなみに、一昨日の事件に関し、末っ子のサラに伝えたのはワガハイと宝石のことだけで、最後の顚末《てんまつ》は伏せている。藤田とは特に交流があったわけではないそうだが、知って楽しいことではない。幼い彼女が受けるショックを考えれば、適切な判断だろう。

　もっとも、そんなターナの気遣いを汲《く》みつつも、どうにも危なっかしい者も二名ほど同席していた。

「……そっか。銀助君真犯人説ね……凄《すご》いじゃない。言われてみれば説得力があるし、何より読者がハッとしそうな意外性がある！　いっそ続報はそっちの仮説で書いちゃおうかしら」

「僕がサクラダイトをもらえなくなるから却下だ。第一、説得力があるだけで、真実ではないからな」

「別に真実でなくても、真実味《しんじつみ》があればいいのよ。ただ……うーん、銀助君の人物像がネックね。たとえば、サムライの国から仇討《あだう》ちに来ていたショーグンの隠し子ってことにして……」

「それはもう完全に創作じゃないか？」

「演出よ、演出。どうせ最終的に否定される説なんだから、これぐらい盛り上げなくちゃ」

　ターナの手料理に舌鼓を打ちながら、ぼそぼそと会話するマリーとアーサー。しかも、あのアーサーが若干引いている。今後ほんの少しでも彼女の記事を参考にするのは止めようと、コナンは胸に刻んだ。

ただ、

「ん、待て待て。マリー？　続報ってことは、まさかもう記事を書いたのか？」

「え？　もちろんよ。市警《ヤード》の留置場で殺人事件が起きたのよ？　ビッグニュースじゃない。《ストランド・ニュース《うち》》だけじゃなくて、昨日はどこの新聞も一面に載せてたわ」

　昨日は昼まで寝ていたし、起きたあとは事情聴取だったので、そんな大事になっているとはまるで知らなかった。そう言えばスコットランド・ヤードの周りでは記者らしき者たちを大勢見たが、普段からそんなものかと思い、気に留めていなかったのだ。

　マリーは今回の事件を報道するに当たっては、アーサーから彼の「実家」絡みで忠告されていたはずだ。しかし、各紙一斉に報じたとあっては、さすがに介入は不可能だし、彼女もそう判断したのだろう。

「ちなみに、実際現場で何が起きたかは、《ストランド・ニュース《うち》》の独占だったんだから。こんな大事件に居合わせるなんて、記者冥利に尽きるってものよ。おかげで売り上げもダントツ。編集長から拝まれちゃった」

「そんなことまで……だが、だったら、その……隠してもあまり意味が……」

「サラは新聞なんか読まないから大丈夫よ。ねー、サラ？」

「読もうと思ったら読めるもん。でも、つまらないから、本の方が好き」

口いっぱいにパイを頬張《ほおば》りながら、サラはあっけらかんと答える。

確かに、紙面が目に触れる心配までしていては切りがないし、その辺りはターナが気を付けているのだろう。

「例の紋様は、他にも描《えが》かれてたわけでしょ？　てことは、事件はまだ終わってないに違いないわ。これで第二、第三の殺人でも起きようものなら、ロンドン中の新聞は、当面このネタ一色よ」

「不吉な予想は止めてくれないか」

「ふむ――だが、妥当な予測ではあるな」

「アーサー!?」

「仕方あるまい。単なる『事実』だ」

冗談じゃないと言いたげなコナンだったが、アーサーは冷静だ。ナイフとフォークを皿に置くと、少し身体を反らして椅子に深く座り直した。

「ミスター・ふ――いや、『今回の被害者』の口からは、四つの名前が出ている。最初に『ショルト』。あの夜に『ジョナサン』と『ジョン』。それから『小三郎』だ。だが、彼の独白には『ガキどもの話が本当なら、下手をするとジョナサンはもう』という発言があった。この『ガキどもの話』というのは、僕らが隣にいたとき話した、空き巣現場の紋様の件だろう。つまり、あのとき彼がもらした『ショルト』なる人物は、『ジョナサン』と同一人物である可能性が高い。『ジョナサン・ショルト』だ」

「……あいつが急に割り込んで来たときのことか」

「そう。しかも彼は『それはショルトの倉庫のことか？』と尋ねてきた。空き巣現場になった倉庫は、市警《ヤード》の調べでは持ち主《オーナー》不明だったわけだが、もし謎の持ち主《オーナー》が『ジョナサン・ショルト』なる人物だとすれば、この人物はすでに『警告』を受けていることになる。同時に、彼が身分を隠しながら倉庫を運営していた事情も見えてくる。彼は警告者が現れることを予期していたんだ」

「……そして、その警告者というのが、『小三郎』か」

「ああ。ちなみに、件の倉庫では食料品を扱っていた。『被害者』が食料品の輸入業を営んでいたことを考えると、その辺りでも関連があったかもしれないな」

「関連……少なくとも、『小三郎』は無作為に警告を残してるわけじゃないってことだな」

「当然だ。これまでに発見された緋色《ひいろ》の紋様は三つ。『今回の被害者』の部屋と、食料品を扱う倉庫。そして、我らがモンタギュー街スタンフォード邸の二階だ。そして、『今回の被害者』はともかく、仮に倉庫の持ち主《オーナー》が『ジョナサン・ショルト』だとすれば、残る『ジョン』なる人物は――」

「あの部屋の、前の住人……ってわけか」

「ああ。前にも言ったが、僕が知るかつての隣人は『ジョン』ではなく『アルセニー・リード』と名乗っていたが……偽名だったと考えるべきだろうな」

何故《なぜ》か楽しげなアーサーを、コナンは物言いたげに横目に見やった。

そして、昼間からずっと気に掛かっていたことを確認する。

「銀助にはあんなことを言っていたが……まさか、真犯人を捕まえるつもりだなんて言わないだろうな、アーサー？」

もしもアーサーの返答がイエスなら、いまからでもルームシェアの件は解消する覚悟の問いかけだった。

幸い、

「まさか」

と、アーサーの回答は明解だった。

「あのときはああ言ったが、実際問題として、銀助に容疑がかかる可能性はさほど高くない。レストレード巡査部長はいまいち頼りないところもあるが、案外根は実直に見えた。

彼が事件の担当から外されでもしない限り、心配することはないさ。……第一、僕はこれから当分の間、開発環境の再建に忙殺されることになる。雑事にかまけている暇はないよ」

断言したのち、「まあ……」と茶目《ちゃめ》っ気《け》のある口振りで、アーサーは続ける。

「好奇心は疼《うず》くがね？　何しろ好奇心というのは、発明の産みの親だ」

直前の回答にほっとしたコナンが、台詞の後半で眉間に皺《しわ》を寄せる。

「……爆発は止めろよ？」

「失敬な。意図したことではない」

だとすれば、止めようもないということではないだろうか？　コナンは胃を締め付けるような、重たいため息を落とした。

そこに、

「そう言えばアーサーくんは発明家なんだよね？　どんな物を創ってるの？」

サラの質問は他意のない無邪気な口調だったが、食い付いたアーサーの反応たるや、銅線に電流が走るが如《ごと》きだった。

「よくぞ聞いてくれた、ミス・サラ・ハドソン！　僕の発明の多くはサクラダイトを用いた電気式の機械だ。電気で動く車輪や、電気が作る照明。電気が奏でる音楽に、電気を用いた電力の増強！」

「……よくわかんないけど、ちょっと面白そう」

「もちろんだとも！　なんなら、開発の依頼をしてくれても構わないぞ？　あんなことこんなこといっぱいあるだろう望みを言ってくれれば、それに叶う発明品を開発して進ぜよう！」

　これはまた未来的に大きく出たものだ。サラも目を輝かせている。

「おい。安請け合いじゃないのか、アーサー？」

「安く受けるつもりはない！　依頼料は払ってもらう――が、いまなら新装開店セールということで、格安で承ろうか」

「へえ。じゃあ私も何か頼んじゃおうかな」

「無論ウェルカムだ、マリー！　なんでも望みを言ってみたまえ」

「あー、ズルイ！　私の方が先にお願いするはずだったのに！」

「だって、サラ。アーサー君、セール価格でもお金は取るみたいよ？　あなた、お金なんか持ってないでしょ？」

「あるもん！　私だっていま、臨時の仕事《アルバイト》やってるんだから！」

　苦笑するマリーに、サラは眉を吊《つ》り上げて抗議した。

ただ、

「臨時の仕事《アルバイト》、ですって？」

聞きとがめたターナが、じろりとサラをにらむ。

「どういうことなの、サラ？　お姉ちゃん、その話は初めて聞いたわよ？」

たちまちサラは、しまった、という表情をのぞかせたが、即座に「違うの！」と言い訳した。

「ほんと言うと、お仕事って言うか、お手伝いみたいなものなの。ほ、ほら？　少し前に、リージェント街までお使いしたことがあったでしょ？　あのときたまたま募集してて、試しに申し込んだら受かっちゃったから……ほんとに、危ないことじゃないのよ？　お手伝いの間は、ずっとそこのお屋敷にいて外には出ないし」

あたふたと説明するサラを、ターナは厳《いか》めしい目で見据えている。

子供が働きに出ること自体は別段珍しいことではないが、大人の場合以上に危険が伴うケースが多い。ましてや、保護者が知らないところでとなれば、なおさらだ。ターナが厳しい態度を取るのは無理もないだろう。

「お屋敷って、どこの屋敷なの？」

「えっとね。ブリクストンの方」

「そんな遠くまで!?」

「で、でも、送り迎えには馬車を出してくれてるから!」

　サラは焦りながら言ったが、ターナはいよいよ表情を険しくし、コナンも思わず顔をしかめた。ブリクストンは確か、テムズ河の向こうだったはずだ。ロンドンの事情には詳しくないが、サウスロンドンからわざわざ臨時の仕事《アルバイト》の出迎えに——それも子供相手に——馬車を出すなど、普通はあり得ない話だろう。

「怪しいわね～」

　とマリーが横から口を挟むと、サラは頬《ほお》を膨らませた。

「怪しくなんかないわ！　あの辺りじゃ有名なお金持ちの家みたいで、家具もすごく立派だし。玄関にはわざわざ外国から取り寄せた、変わった木を植えてるのよ！」

「変わった木——って、ん？　ねえ、サラ。それってひょっとして、椰子《やし》の木の家のこと？」

「あっ、そう！　マリーお姉ちゃんの言ってるお屋敷！」

　マリーの確認に、サラがすぐさま、ビシッと指を差した。

　ターナがマリーに顔を向け、

「あなたも知ってるの？」

「まあ、存在を知ってるってだけだけどね？　椰子《ココナッツ》の実ってあるじゃない？　おっきくて殻の固い、中のジュースが飲める実。あの実がなるココヤシって木を、玄関先に何本も植えてるそうよ。変わった屋敷だって、一時期ちょっとした噂《うわさ》になってたの。何でも、ブリタニアから来た人が、向こうにあった木を植えたんだって聞いたけど」

「そうよ。ルーカッスルさんっていうの。神聖ブリタニア帝国《あっち》で商売をしてたんだって」

「ルーカッスルさん？　その人なら知ってるわ。会ったことはないけど、よくリージェント街にお買い物に来てるって」

「多分そのルーカッスルさんだよ！　ほらね？　ちゃんとしたお金持ちの人なのっ」

　サラの必死の抗弁に、ターナも少しずつ表情を和らげた。

　もっとも、だからといって、すぐに放免とはいかないようだ。

「そもそもサラ？　お手伝いって言うけど、あなた、そのルーカッスルさんの家で、具体的に何をしているの？」

「えっとね。お庭で犬と遊ぶのよ」

「遊ぶ？　お手伝いじゃなかったの？」

「だから、遊ぶのがお手伝いなの。ルーカッスルさんちは小さい犬を飼ってて、その遊び相手をしてあげてるのよ」

そこまで聞いて、ようやくターナの顔に納得する表情が浮かんだ。確かに、飼い犬の相手というなら、子供に頼んでお礼に小遣いを渡したとしても不自然ではない。もっとも、わざわざベーカー街から呼ぶという点は、相変わらず不自然だが。

「週に一、二回ぐらいだし、お昼過ぎに行って夕方には終わるの。だからいつも、お昼ご飯や晩ご飯のときは家にいたでしょ？」

「だから気付かなかったんですけどね……」

「う……ごめんなさい」

上目遣いに謝る妹に、ターナは「まったく」とため息を吐いた。

「どうせ、言えば辞めさせられると思って、黙ってたんでしょう? 仕方のない子ね。裕福な人のお屋敷だからって安心してるのかもしれないけど、何か粗相があったら、かえって大変なことになるかもしれないでしょ？」

「うん……」

「とにかく、一度私にもご挨拶させてちょうだい。いいわね？」

「わ、わかったよ。ターナお姉ちゃん」

きっぱりと告げるターナに、サラは一も二もなく頷いた。マリーが、やれやれと言いたげな面持ちで、二人のやり取りを見守っている。

兄に叱られた経験で言えば、コナンは世の弟たちの中でも相当上位にいるだろう自覚がある。兄弟と姉妹という違いはあるものの、それでも兄や姉が、弟、妹に向き合うときには、どこか似た雰囲気が醸し出されるらしい。つい昔を思い出して、コナンは苦笑を過らせた。

一方、ぶれないアーサーは、姉妹のやり取りに「ふむ」と頷いた。

「話がまとまったなら改めて依頼の件に戻るが、どうするね、ミス・サラ・ハドソン？　何を開発して欲しいかな？」

「あー……ごめんなさい。お姉ちゃんからちゃんと許可もらうまで、いままでもらったお給金は使わないことにする」

「なっ⁉　……そ、そうかね。まあ、無理強いはしないが……」

「ちなみに、サラ？　あんた、幾ら貰《もら》ってたの？」

「ええとね。一回、十シリング」

「えっ⁉　十？　それは子供相手には高額――っていうか、犬と遊ぶだけで十シリングって破格じゃない？　飢えたマスティフと追いかけっこでもしてるの？」

「だから、小さい犬だって。コーギーって言ってたわ」

「コーギーと？　そんなのむしろご褒美じゃない。それで十シリング？　信じらんない」

独り肩を落とすアーサーを余所《よそ》に、マリーは目を丸くしていた。実際、サラのような子供に与える小遣いとしては、かなり気前の良い金額だ。というより、そんなに割の良い仕事があるなら、コナンが紹介してもらいたいほどである。

「でもでも、ただ遊ぶだけじゃなくて、ちゃんとルールがあるのよ？　遊んでる最中は、誰か訪ねて来ても絶対会ったり喋《しゃべ》ったりしちゃいけないし。それに、カツラを被ってなきゃいけないの」

「カツラ？　カツラって、被《かぶ》り物の？」

「そうよ。黒い髪のカツラ。その犬、『キク』って言うんだけど、最初のご主人様が黒い髪だったから、黒い髪の人にしか懐かないんだって。いつも馬車で移動するときにカツラを被って、帰りの馬車まで、ずっと被ってなきゃ駄目なの。犬と遊ぶお仕事だけど、ちゃんとした仕事なんだからね」

　サラは胸を張って主張する。マリーは「お手伝いじゃなかったの？」と笑ったが、それはどちらかと言えば、妹の真剣な仕草がおかしかったからだろう。「そうなのね」と答えるターナの眼差《まなざ》しも、さっきまでと違って優しげだ。

　ただ、

「——ん？」

と、しょんぼりしていたアーサーが、何かを聞きとがめるように身動《みじろ》ぎした。

「……ミス・サラ・ハドソン？　そのコーギーはひょっとして、他のコーギーより黄色みがかった毛並みをしていたりしないかね？」

「え？　うん、そうね。黄色《イエロー》って程じゃないけど、茶色《ブラウン》っていうよりは黄土色《オーチヤー》っぽいかな」

「ルーカッスルなる人物の髪の色は？」

「普通よ。濃いめのブロンドで――あ、黒い髪のこと？　キクは元々ルーカッスルさんの犬じゃなくて、飼い主がいなくなったから引き取ったって言ってたわ」

「いや、そういうことではないんだが……まあ、庭木は椰子だしな。さすがに考え過ぎか」

　アーサーはぼそぼそとつぶやいた。

　マリーが目敏《めざと》く目を光らせ、

「何よ、アーサー君。どうかしたの？」

「……大したことじゃないよ」

　アーサーは素っ気なく答える。その言い方に、コナンは以前にも見た彼の慎重さを感じたが、だからこそわずかに不吉な予感がした。

　他の者たちより物事の「先」を見通しながら、確信を得るまで意見を口にしない、アーサーの慎重さ。それは逆説的に言えば、アーサーが何かしらを「見通して」いる証拠でもあるはずなのだ。

「それより、ワインのおかわりを頂けるかな？　それに、このチキン。なかなかない味わいだ。君はどうだい、コナン？」

「あ、ああ。そうだな。美味《うま》いよ」

「あら、良かったわ。珍しいスパイスを使ってるのよ？　でも、そのせいで口に合わない人もいるから」

新たな下宿人たちの賛辞に、ターナが頬を弛《ゆる》める。はぐらかされたマリーはやや不満そうな顔をのぞかせたが、すぐにどんな物なら発明できるのか、その代金も含めてアーサーに質問を始めた。発明家と姉の会話に、サラも興味津々だ。

――……こういうの、久しぶりだな。

思えば、こんな賑《にぎ》やかな晩餐《ばんさん》は、兄が死んでからは一度もなかった。

しばらくすると葬儀から戻った銀助も顔を出し、とっておきだというニッポンの酒を振る舞ってくれた。米から造られたというその酒は、奇妙な味わいながら料理には不思議と合った。マリーは特に気に入ったようで、ターナが窘《たしな》めるのも聞かずに杯を重ね、顔を真っ赤に染めていた。

テーブルに置かれた燭台《しょくだい》の蠟燭《ろうそく》が、ゆらゆらと炎を揺らしながらコナンたちを照らしている。

　ベーカー街２２２Ｂで過ごす最初の夜は、和やかに遅くまで続いた。

## 2

　新たな隣人には幸いなことに、アーサーの予想通り、事件の容疑者として銀助が逮捕されることはなかった。

　逆にクラウスにとっては腹立たしいだろうが、藤田の殺害犯に関する捜査は、一向に進展を見せなかった。おかげで、ロンドンの新聞は犯人の予想というより、スコットランド・ヤードの大失態という形で報道を続けている。

　図らずも現場に居合わせてしまった当事者としては、犯人の捜査が進まないのは落ち着かないところだ。ただ、あの犯人――仮に小三郎とするが、彼はこちらから近付かない限り、コナンたちに関わってくるとは思えなかった。捜査の進展が気にならないわけではないが、こちらが気に病む必要はない。新聞の報道、あるいはマリーからの情報を聞けば十分だろう。緋《ひ》色《いろ》の紋様も翠《みどり》の宝石も、本来自分たちが関与するようなことではないのだ。

　そんなわけで、ベーカー街に越してから数日間、コナンは久しぶりに医学の勉強や入学の準備に集中することができた。

もちろんこれには、同居人の発明品開発が休止中であることが大きい。頭上で物が爆発しない、天井や壁が振動しないという当たり前のことがいかに重要か、コナンはモンタギュー街に住まねば理解することはなかったに違いない。

もっとも、だから心安らかで居られたかと言えば、生憎《あいにく》そうでもなかった。

「……アーサー？」

「……おかしいな。この規格で合ってるはずだが……まあ、とりあえず組んでしまって、調整は後から……」

「アーサーっ」

「ん？　おお、コナンか。どうかしたかい？」

「どうかしたかじゃない。なんだ、それは？」

「なんだって――ああ、そう言えば君は見るのは初めてか。よろしい。これこそ、僕の発明の――というより、開発環境の要となる《電気炉》だ！」

「いや、だから、そういうことではなく――」

「以前はまだ《仮設炉》としていたが、データも揃《そろ》ったし、何よりニッポン産の良質なサクラダイトを入手する算段が付いたしな！　いよいよ僕が考案していた本来あるべき形で作製しようと――」

「暖炉はどうした！　なんで暖炉があった場所に、その変な機械がある？　しかも、なんだその血管みたいなコードやパイプは!?」

「だから、《電気炉》だって。凄《すご》いんだぞ？　これが稼働すれば、ガスや、ましてや石炭などとは――」

「元に戻せ！」

「ハハハ！　心配は無用だ。どうせこの季節は暖炉に火を入れることはないし、必要なころにはコークスを燃やすより遥《はる》かにクリーンで効率的でハイパワーな暖房を――」

「だーかーらっ！　そういうことじゃーない！」

暖炉のある――あった――リビングは、アーサーの私室ではなく二人の共有スペースだ。コナンは至極当然の権利としてリビングから発明品を撤去するよう求めたのだが、アーサーは頑として聞かない。しかも、ターナが軽い調子でうっかり許可を出してしまったため、最終的にはコナンの方が折れることになった。

その結果、コードやパイプはリビング中に張り巡らされ、暖炉のマントルピースには用途不明の計器《メーター》が鈴《すず》生《な》りに取り付けられることになった。最低限、爆発したら即座に全面的に撤去する旨を書面で確約させはしたが、最初の一撃が致命的なら意味のない取り決めである。

やはり三度目の引っ越しを検討するべきなのかもしれない。

そして、手前勝手なアーサーに憤り、ターナたち三姉妹や銀助に宥《なだ》められながら、ようやくコナンが新居での生活に慣れ始めたときだった。

ベーカー街２２２Ｂに、最初の訪問者が現れた。

＊

「初めまして、ミスター・ホームズ。スペンス・ルーカッスルです。貴方《あなた》のことはサラ嬢から色々と教えてもらいましたし、《ストランド・ニュース》の記事も読みました。巷《ちまた》では『名探偵』と評判だそうですね。いや、実に素晴らしい！」

早口でにこやかにまくし立てたのは、太った身体を仕立ての良いスーツに包んだ中年の男性だった。その隣には、困惑するターナと、どこか不服そうに唇を尖《とが》らせたサラもいた。たまたまリビングにいたコナンとアーサーは、片やテーブルの椅子の上で、片や元暖炉の前に座り込んだまま、揃ってぽかんとしてしまった。

ルーカッスルという名前自体は覚えていた。サラの臨時の仕事《アルバイト》先が、確かルーカッスル家だったはずだ。例の、椰子《やし》の木を植えている屋敷である。つまりこの男が、飼い犬の遊び相手に十シリングを払う、気前の良い金持ちなのだろう。

「まさか、キクの相手をしてもらっていたサラさんの家に、あの記事に書かれていた名探偵が下宿されていようとは！　実を言いますと私は、あの手の謎めいた事件に目がないのですよ。不可解で、しかも猟奇的な事件に。いやあ、聞くだに胸が躍りますな。入念に用意された計画的犯罪と、その顛末《てんまつ》！　ご自身の大家の犯罪を見事に暴いた手腕には、思わず快哉《かいさい》を叫んだものです。お会いできて光栄です」

「…………はあ」

と辛うじて応えたのは、褒めそやされたアーサーではなく、コナンだ。アーサーはと言えば、突然訪れて一方的な賛辞を述べる太っちょを、喋るブルドッグに出くわしたかのような眼差しでマジマジと見つめている。

実際、ルーカッスルは感激しつつも、視線をあちこちに彷徨《さまよ》わせ、常に小刻みに身体を揺すっていた。緊張しているのか、妙に落ち着かない仕草が目立つ。そんな様子もまた、どこかブルドッグめいて見えるのだ。

「……っていうか、大家の犯罪って、それ、モンタギュー街の件ですよね？　マリーのやつ、そっちも記事にしてたのか？　しかも、アーサーが探偵？　名探偵って……」

「ごめんなさい」

「いや、サラちゃんが謝ることは……」

「あの子、仕事のことになると見境がないの」

「ターナさんまで……まあ、短いつき合いですが、わかります」

興奮するルーカッスルとは対照的に、ターナとサラはテンションが低い。どことなく、コナンたちに対する申し訳なさが滲《にじ》んでいた。

しかし、ルーカッスルは気にする素振りもなく、

「それで、留置場の殺人に関しては、いかがなんでしょう？　ミスター・ホームズはその場に居合わせたのですよね？　犯行には、なんと吹き矢が使われたと書かれていましたが、本当なのですか？　犯人の捜索は、どこまで進んでいるのです？」

身を乗り出して尋ねるルーカッスル。その瞳は強い好奇心で輝いている。コナンは内心、辟易《へきえき》した。

——変な条件の臨時《アルバイト》の仕事といい、これは相当な変わり者だぞ。

生憎アーサーは、事件からは手を引いている。答えられることなど皆無のはずだ。

しかし、コナンが返答に窮していると、

「はてさて」

とアーサーは会話を引き継ぎ、《電気炉》の前から立ち上がった。

くわえていた煙草《たばこ》の火を消し、

「初めまして、ミスター・ルーカッスル。そして、いきなりで申し訳ないが、貴方のご期待には添えません。市警《ヤード》での悲劇について僕が語れることは、すでにミス・マリー・ハドソンが残らず記事にして報道済みです。そもそも、犯人の捜索は僕の仕事ではありませんからね。僕は『探偵』ではありませんので」

「え？　しかし、《ストランド・ニュース》の記事には――」

「出任せです」

アーサーは身も蓋もなく言った。ルーカッスルが「ええっ？」と目を白黒させたが、アーサーは平然と肩を竦める。

「もちろん、記事の内容がすべて出任せというわけではありませんし、事実関係の記述『だけ』見れば、意外にもかなり正確です。しかし、それ以外は概《おおむ》ね彼女の創作ですよ」

「そ、それは……しかし……」

「僕も念のため確認したのですが、なかなか巧妙でしてね。僕に関する記述も、注意深く読めばあくまで『記者の意見』、もしくは『印象』、あるいは統計に因らない『世間の噂《うわさ》』として書かれているはずです」

アーサーが説明すると、ルーカッスルは毒気を抜かれた様子で、いよいよ視線を激しく動かした。彼の隣ではターナとサラが、身内の所行に沈痛な面持ちでうつむいている。見ていて気の毒になるほどだ。

——まさか、俺のことも好き勝手に書いてるんじゃないだろうな？

紙面ではコナン本人が知らない間に、「名探偵の助手」扱いでもされているかもしれない。マリーからの情報はともかく、彼女の書いた記事自体はなるべく気にせず黙殺する方針だったが、これはアーサーに倣って一度確認しておいた方が良さそうだった。主に自己防衛のために。

「そういう次第ですので、御足労頂き恐縮ではありますが、お話しできることはありません」

アーサーは取り付く島もなく言った。

自身の発明品に関わるときとは、対応が大違いだ。クラウスにスコットランド・ヤードに誘われたときや、真犯人を捕まえるつもりかと聞いたときもそうだったが、アーサーは「事件の捜査」そのものには、本当に興味がないらしい。

そんなアーサーのスタンスは、さすがにルーカッスルにも伝わったようだ。彼は明らかに鼻白んだ様子で、アーサーを見つめ口をつぐんだ。

そして、短からぬ逡巡《しゅんじゅん》を経た後に、わかりやすく愛想笑いを浮かべた。

「それは……残念ですな。とても残念です。ですが、そうまで仰《おつしや》るのなら仕方ありません」

「繰り返しになりますが、ご期待に添えず申し訳ない」

「いえ。どうかお気になさらず。今後の活躍を願っています。ただ……やはりせっかくですし、せめて居合わせたご当人の口から、留置場の事件に関して詳しくお聞かせ下さいませんか？　犯人は凶器以外の形跡は残さなかったそうですが、被害者の方はどうです？　何か口にしていませんでしたか？」

「……そうですね。僕たちが現れる前に、何か独り言を口にしていましたね」

「おおっ、それはなんと？」

「人名のようでした。ただ、生憎ほとんど聞き取れなかったもので」

——ん？

変わらぬ態度でしれっと答えるアーサーに、コナン、それにターナとサラの二人も彼に視線を向けた。

しかし、アーサーは周りの視線を気に留めず、眉ひとつ動かさない。ルーカッスルも、コナンたちの反応には気付かなかったようだ。「独り言」という言葉に食い付いたのち、「聞き取れなかった」と聞いて如実に落胆した。

「そうですか……いやいや、しつこくお尋ねして済みませんでした。それでは私は退散することにします。お邪魔致しました」

そう告げると、ルーカッスルは急に心ここにあらずといった体になり、ふらふらと部屋を辞した。

ターナが慌てて、見送りのために後を追う。残されたコナンとサラは、もう一度アーサーに顔を向けた。

ただ、先に口火を切ったのは、アーサーの方だ。

表情を一変させると、ルーカッスルの前では見せなかった英気に瞳を輝かせ、

「さて、サラ？　君の雇い主が突然訪れた経緯を説明してもらえるかな？」

「ごめんなさい！」

「謝罪はまったく不要だ。経緯の説明だけお願いしたい」

「あのね？　この前の歓迎会のときに、ターナお姉ちゃんがルーカッスルさんに挨拶させてって言っていたの覚えてる？　今日が臨時の仕事《アルバイト》の日だったから、お姉ちゃんと一緒にルーカッスルさんの家に行ったの。そうしたらルーカッスルさん、いつもと違って凄《すご》くピリピリしてて」

「ふむ。ピリピリね。さっきはそんな様子など欠片《かけら》もなかったが——それで？」

「お姉ちゃんのこともにらみつけるような勢いだったんだけど、お姉ちゃんが名前を言ったら、急に態度が変わって――」

「確認したい。彼は、君のファミリー・ネームなら、すでに知っていたはずだね？」

「え？　ええと……私はちゃんと名乗ってたけど、ひょっとするとルーカッスルさんの方は覚えてなかったのかも。ううん、きっとそうだわ。だって、お姉ちゃんが『ハドソン』って言った途端に、態度が変わったんだもん」

「つまり『ハドソン』と聞いて、マリーのことを――《ストランド・ニュース》で件《くだん》の記事を書いた記者である、マリー・『ハドソン』を連想したわけだ。そして、実際にターナさんとサラがマリーの身内と知り、強引に僕の許を訪れた――」

アーサーの確認に、サラは「うん」と首肯する。

コナンは、呆《あき》れ半分、腹立ち半分で、首を振った。

「あの男、そんなに事件や犯罪が好きなのか？　だとしても、ターナさんやサラを蔑《ないがし》ろにして振り回したあげく、一方的に押しかけてくるなんて。しかも、当てが外れたあとは、二人のことを見向きもしなかったぞ。金は持っているかもしれないが、紳士的とはとても言えないな」

「いやあ、それはどうかな、コナン」

「なんだ？　『あれ』が紳士だとでも言うつもりか、アーサー？」

「そこじゃない。ミスター・ルーカッスルの『好み』についてだ。彼が興味を持っているのは事件や犯罪全般ではなく、留置場の件限定のようだったぞ？」

人の悪い薄笑いを浮かべつつ、アーサーは言った。「なに？」とコナン。サラもきょとんとしていたが、アーサーは二人を相手にせず、リビングをぐるぐると歩き始めた。しかも、妙に興奮している。

「……考え過ぎかと思ったが、これは意外なほど縁があるのかな？　サラ？　一応確認したいんだが、君が前回ルーカッスル家に臨時《アルバイト》の仕事に行ったのは、僕たちが引っ越して来た日の、何日前かな？」

「引っ越して――ってことは、歓迎会があった日の何日前かってこと？　それなら、二日前だったわ。ワガハイが宝石を吐き出したって言ってた日。臨時《アルバイト》の仕事に行ってたから、私、宝石を見られなかったんだもん」

「うん。ならやはり、矛盾はないな。あの記事が出たのは引っ越しの前日だ。では、もう一点。ミスター・ルーカッスルは独身かな？　それとも妻子がいる？」

「奥さんはいるよ。あんまり話したことないけど。それと、子供はいないみたい」

「奥さんの髪の色は？」

「また？　うーん、栗色《くりいろ》、かなあ。とても綺麗《きれい》な髪よ」

　またしても文脈の繋《つな》がらない質問に、サラは戸惑いつつ、しかし明快に返答した。「結構」とアーサーは満足気に頷いた。

「さて……とすると、やはり本人を洗うのが確実だが、またレストレード巡査部長殿に協力を願おうかな。ターナさんに無礼を働いたとでも言えば、あっさり乗って来そうだしな。だが、全体像を把握するには、どうもブリタニア時代の裏を取る必要がありそうだ。こっちはかなり手間がかかる。《沈黙館》には頼りたくないが……すでに猶予がない可能性もある。背に腹はかえられないか……」

　最後は誰にともなくぶつぶつと、アーサーは独りごちた。置いてけぼりのコナンとサラは、声をかけることもできず立ち尽くしている。

　――こいつ、また……。

　火が付いたようだ。しかし、一体何に？

　アーサーは、腕を抱えるようにしながら右手の人差し指を唇に添え、うろうろとリビングを徘徊《はいかい》する。サラがおろおろと狼狽《うろた》えているのを見て、コナンは彼女の肩に手を添え、大丈夫、と落ち着かせた。

　それから、

「アーサー」

「うん」

コナンの呼びかけに、アーサーが夢から覚めたように振り返る。

瞳の奥に鋭い光を瞬かせ、

「僕の本分ではないが、ここまで『あからさま』なのに放置するのもなんだ。幸い《電気炉》も完成したところだし、次はこの好奇心を追いかけてみるとしよう」

## 3

アーサーの発言から二日後には、状況は劇的に動いた。

「臨時の仕事《アルバイト》、クビになっちゃった。ルーカッスルさん、もう来なくていいって」

午後もしばらくしてから２２２Ｂを訪れたサラは、コナンに向かって、そう告白した。

コナンは反射的に義憤に駆られた。ルーカッスルの仕打ちが、先日のアーサーの態度に対する意趣返しのように思えたからだ。

実に腹立たしい。が、冷静に鑑みれば、悪いことでもなかった。

「気にすることはないよ、サラ。というより、かえって良かったと思う。こう言ってはなんだが、金持ちの道楽に付き合って金を稼いでも、ろくなことはない。嫌な思いをする前に辞められたのなら、むしろ御の字だ」

「うん。ターナお姉ちゃんも同じこと言ってたし、私もこれで良かったと思う。ありがとう、コナンくん」

「……悪いが、『くん』付けは止めてもらえないか？」

「そう？　じゃあ、コナンお兄ちゃん」

　サラはあっけらかんとしている。落ち込んだ様子は皆無だったので、コナンはひとまず胸をなで下ろした。

　実際、サラに告げた台詞《せりふ》は慰めではなく本心だ。一般論ではあるが、子供が徒《いたずら》に大金を持っても害の方が大きい。ましてや、雇い主はあのルーカッスルである。ハドソン家は金に困っているわけでもないのだし、縁が切れたのは幸いだろう。

「でも、最後にキクとは、ちゃんとお別れしたかったな。せっかく仲良くなれたのに」

「そうだな。人間の事情は、犬には関係ないものな」

「私も自分の犬を飼ってみようかな？　あー、でも、銀助くんのワガハイと喧嘩《けんか》しそう」

「むしろ、アーサーに気を付けた方がいい。あいつ、引っ越し早々ワガハイを実験に使う提案をして、銀助から猛反対をくらってたからな」

「そう言えば、そのアーサーくんは？　色々面倒をかけちゃったし、アーサーくんにも報告したいんだけど」

「それが昨日今日と、珍しく外出していてね。昨日なんか帰ってきたのは、夜の十時過ぎだ」

　先日のルーカッスルの訪問以降、何か調べ物をしているらしい。朝から晩まで一日出ずっぱりなのだ。普段は一歩も部屋から出ないことさえあるのに、実に極端である。もっとも、コナンとしてはいまの方がありがたいのだが。

「と言っても、どうせ長くは続かないさ。すぐにまた引き籠もり生活に戻るんじゃないかな」

「そっか。じゃあ、アーサーくんの方には、また今度――」

　そう、サラが言いかけたときだった。

　２２２Ｂのドアが、ノックもなく開け放たれた。入って来たのは、外出していたアーサーだ。

　コナンを見るや開口一番、

「とりあえず、点と点は繋がったぞ」

「は？　突然、なんだ？」

「二本目の『線』さ」

例によって煙に巻くようなアーサーの受け答えに、コナンは渋面で唇を曲げる。

おかしいのは明らかにアーサーのはずなのに、彼と話していると自分の方こそが酷く「鈍い」ような気がしてくるのだ。釈然としないし、癪《しゃく》に障る話である。

ただ、アーサーはさらに続けて、

「とはいえ、実のところ困ってもいる」

そう、珍しくも迷い悩む面持ちで、気弱な台詞を口にした。

「調べることは調べたし、知りたいことも、ある程度知れた。けど、そのせいで少し頭も冷えてしまった。結局ここから先は、部外者が踏み込むことでもないんだよな。なんの得もないことだし」

「……それは、ミスター・ルーカッスルのことか？」

「他に何かあるかい？　些《いささ》か消化不良ではあるが、あとは判明した事実関係をレストレード巡査部長に伝えてお終《しま》いにするのが……あ、いや！」

と、自分を見るサラに気付いて、慌ててアーサーは自らの意見を翻した。

「君はまだ関係者だったな、サラ！　なら、やはり他人任せにしてしまうのは不味《まず》い。万が一にも、君が巻き込まれては――」

「あ、あのね、アーサーくん。私、ルーカッスルさんの仕事、クビになったの」

「なんだって？　いつ？」

「今日のお昼前よ。電報が届いたの」

「そうなのか？　だったらなおさら――いや、待て。違う。それはそれで不味いぞ。すでにそういう状況だとすれば、いま動かねば間に合わなくなる」

　アーサーは自分の額を見つめるような目つきになって、むむと低く唸った。コナンはサラと顔を見合わせ、それからアーサーに声をかける。

「何をそんなに悩んでるのか知らないが、ミスター・ルーカッスルの件なら、もう放っておけばいいだろ？　お前の言うとおり、俺たちには関わりのないことだ」

「それはそうなんだが……」

　アーサーは言い淀《よど》むと、ちらりとコナンを見やり、目を閉じた。

　そのまま眉間に皺《しわ》を寄せて黙考したのち、ゆっくりと口を開く。

「……コナン。たとえば君は、死にかけの悪党が目の前にいた場合、どうする？　その悪党を助けることに、なんの利もないとしたら？」

「なんだ、その質問は？　まさかそれもミスター・ルーカッスルのことか？　死にかけって、どういう――」

「ちなみに、僕は放置する。何しろ悪党だ。少なくとも、自分から手を差し伸べたりはしない。ただ……」

と、アーサーは閉じていた目を開け、コナンを横目に窺《うかが》った。

「近くに医者がいたなら、彼が死にかけている事実は知らせるかもしれない……」

「…………」

アーサーの言い様に、コナンはピクリと眉を動かし、唇をキツく結んだ。

些か卑怯《ひきょう》な喩《たと》えに感じた。アーサーも自覚があるのか、どこか申し訳なげである。

だが、これはつまり、自身の行動を決めかねたアーサーが、コナンに判断を委ねたということらしい。

――なんで、俺が。

理不尽な話だ。色々と言いたいことが、喉の奥から迫《せ》り上がった。しかしコナンは、それらをぶちまけることなく呑《の》み込んだ。

余計な忖度《そんたく》はせず、ただ正直に返答する。

「……そうだな。俺なら助けるかもな。せめて、助けようとするだろう。そのために医者を目指してるんだ」

「……すまん」

「いいさ」

正直、腹立たしくはあった。アーサーのやり方が無責任に感じられたからだ。

だが同時に、アーサーがこんな風に他人の意見を求めたのは、彼が見せた信頼の証《あかし》でもある気がした。

――まったく。

面倒な男だ。もっとも、そう思ったときには、感じていた腹立ちは、苦笑めいた何かに変わっていた。

二人のやり取りがよくわからなかったのか、サラはきょとんとしている。

一方、アーサーの顔からは迷いが消えた。

「どうせ動くなら、早い方がいい。悪いがもう一度出てくる」

「待て。俺も行く」

「む。しかし……」

「あんなことを訊《き》いておいて、いまさらなんだ」

さすがにムッとしてアーサーをにらむ。アーサーは弱った表情になったが、しっかりとコナンに頷《うなず》き返した。

「あの、アーサーくん？　ルーカッスルさんに会いに行くの？」

「済まない、サラ。僕とコナンで送るから、今日のところは家に戻って、大人しくしていてほしい。それに、マリーが何か聞いて来ても、内緒にしておいてくれ」

「わかったわ」

「ありがとう。とはいえ、結局これも最終的には、マリーのネタになってしまいそうだがね。大家の孫がすることとはいえ、実に不本意だ」

「……一応聞いておきたいんだが、記事にはやはり、俺も出てるのか？」

「当然出演している。ただ、君は読まない方が良いかもな、コナン。僕の引き立て役を務めるため、かなり間の抜けた『助手』になってる」

「あいつめ……」

コナンが苦虫を噛《か》み潰したような顔で唸《うな》ると、アーサーがようやくクスリと笑った。

リビングの隣の自室に入り、鞄《かばん》を手にして戻ってくると、

「さて、ではサラを隣に送り届けてから、悪党を助けに向かおうか。マリーの読者のためではなく、未来の善良な医者のために」

# 4

コナンとアーサーがルーカッスル邸に着いたのは、日が落ちる寸前だった。西からは赤い落陽が差し込み、夏雲の浮かぶ夜空の端を鮮やかな朱に染めている。二輪辻馬車《ハンサム》で移動する道すがらでは、点灯夫がガス灯に火を付け始めているのが見えた。

夜が始まろうとしている。

到着してみると、なるほど噂《うわさ》になっただけあって、その屋敷は辺りの豪邸の中でも、ひと際目立っていた。原因は、正門と玄関の間に植えられた、見慣れない奇妙な植木である。コナンも図鑑でしか見たことがなかったが、知識としては知っていた。インドやカリブ海などの熱帯に分布しているココヤシだ。

「この屋敷の椰子《やし》はブリタニアから植樹されたと言ってたな。向こうにも生えているとは知らなかった」

「神聖ブリタニア帝国は、我らが共和国《イギリス》より遙《はる》かに広大だからな。ちなみに、ここの椰子に限って言えば、元は帝都ペンドラゴンの物だ」

「まさか、そんなことまで調べたのか？」

「……調べたのは、僕じゃないがね」

コナンが呆《あき》れて聞くと、なぜかアーサーは口を濁した。

二人は少し離れた道端で馬車を降り、敷地を囲む鉄柵に沿って正門に近付いて行った。

視線を上げれば出迎える椰子の葉が、夕陽《ゆうひ》に染まりながらゆらゆらと揺らいでいる。

しかし、

「――不味いな。静か過ぎる。遅かったかもしれない」

鉄柵の門越しに屋敷を見つめ、アーサーが苦々しく言った。

「どういうことだ？」

「もう逃げたあとかもしれない」

「逃げただって？　ミスター・ルーカッスルが？　しかし……彼は商売で成功してる富豪だろう？　それが、屋敷を残して、どうして――」

「待って。静かに」

訳がわからずに問いかけたコナンを、アーサーが素早く遮った。

屋敷の横から、微かに音が聞こえた。犬の吠《ほ》える声だ。すぐに、一匹の犬が正門の側へと駆け寄って来た。

黄土色の毛並みをしたコーギー。サラが遊び相手を務めていたという、ルーカッスルの飼い犬だろう。

そして、

「キク！　待って！　外に出ては駄目よ！」

そう叫びながら犬を追いかけて、一人の女性が姿を見せた。

ターナより年上に見える、栗色《くりいろ》の髪の女性だ。すでに日が落ちかけて薄暗いせいか、門の近くまで来てようやくコナンたちに気付き、ギクリとして足を止めた。

アーサーがすかさず、

「ミセス・ルーカッスルですね？　初めてお目に掛かります。アーサー・ホームズです。こちらは、コナン・ワトソン。先日ご主人が我々の許を訪問されましたが、あのときの件で進展がありました。ご在宅でしたら、ぜひご主人に取り次いで頂きたい」

どうやら彼女が、ルーカッスルの妻らしい。コナンたちを見て青ざめたルーカッスル夫人だったが、アーサーの台詞《せりふ》には戸惑う様子を見せた。こちらへの警戒は薄れないが、何かを逡巡《しゅんじゅん》するような反応だ。

コナンは思わず、

「サラからの伝言もあります。キクにお別れができなくて残念、だそうですよ」

すると、サラの名前に反応したのか、コーギーがコナンに向かって、元気よく、ひと声吠えた。威嚇ではなく、親しみのある声だった。

飼い犬の反応を見て、ルーカッスル夫人の態度が和らいだ。ただ、警戒心が弱まった代わりに、今度は隠し切れない不安が滲《にじ》んできた。

「初めまして。スペンスの妻です。ミスター・ホームズのことは、主人から伺っておりますわ。その……探偵をされていると」

どことなく言いづらそうに告げる夫人に、何を察したのかアーサーはにこやかに微笑《ほほえ》み掛けた。

「おそらく、我々への訪問から戻られたあと、虚名ばかりの役立たずとでも派手に罵っておられたのでは？　――ああ、いいんです。謝罪なんかいりません。事実、我々はミスター・ルーカッスルのためになることを、何ひとつ示しませんでしたからね。ただ、今度は違う」

そう告げると、アーサーは真剣な面持ちになり、鉄柵越しに夫人の顔をのぞき込んだ。

「お見受けしたところ、サラだけでなく使用人もすべて解雇し、身の回りの物だけで荷造りを進めている、もしくは、すでに終えたところでしょうか？」

たちまち夫人が青ざめ、警戒心が再び顕《あら》わになった。

「どうして――」

「どうしてわかったかと言えば、ご主人が当てにする程度には『探偵役』もこなせるからです。肝心なことをお聞きしますが、この夜逃げじみた急な転居の理由を、貴女《あなた》はご主人からきちんと伺っていますか？　おそらく何も聞かされていないのでは？　もし知っているなら、こんな風に独りでノコノコ外に出てくるとは考えづらい。そもそも貴女はご主人のことを、どの程度ご存じなのでしょう？　ブリタニア時代のことは？　商売仲間のことは？　それに、キクの前の飼い主のことは？」

「…………」

夫人は見る見る血の気をなくして立ち尽くした。いつしか足下のコーギーまで、アーサーに向かって低く唸《うな》っている。

――これは駄目だ。

横で聞いていたコナンは、「アーサー」と彼の肩に手をかけて黙らせると、自分が前に出た。

「失礼しました、ミセス・ルーカッスル。この男はどうも事を急ぎ過ぎるきらいがありまして。ですが、我々はご主人の力になるために来たんです。その逆ではありません」

コナン自身、アーサーから詳しい説明は受けていない。彼が口にした言葉の意味も、ほとんど理解できていなかった。

　だが、アーサーが目的に向かって一直線に突き進んでいるらしいことはわかる。そして、それは多分、ルーカッスル夫妻のためにもなるはずだ。

「必要がないなら仰って下さい。すぐに退散します。でも、もし助けが必要なら……どうか我々を信じてもらえませんか？」

　コナンの誠意が通じたのか、夫人はきゅっと唇を噛んだのち、ぽろぽろと涙をこぼし始めた。

「主人は……何か罪を犯したのでしょうか？」

「――ミセス・ルーカッスル。ご主人が何らかの罪を犯していたとしても、それは貴女と会うよりも、ずっと以前のことですよ」

　夫人の問いかけに、アーサーが再び口を開いた。コナンの忠告で反省したのか、子供を宥《なだ》めるような落ち着いた声音だ。

　対する夫人は感情を剝《む》き出しにする。

「でもっ。主人は先月から、急に態度がおかしくなって――サラさんや他の子供たちにキクの相手をお願いし始めたのも、そのときからなんです。それまでは、私に世話を任せたまま、ろくに構いもしなかったのに……」

「それは正確には、モンタギュー街近くの倉庫に空き巣犯が謎の紋様を残す事件があった、あの日の前後からではありませんか？　新聞の報道を読んだか――あるいは、それよりも早いタイミングだったのでは？」

　アーサーの確認に、夫人は――実を言えばコナンも――目を大きく見開いた。

「は、はい。そうです！　ある晩仕事から帰ってきた主人は、初めて見るほど激しく狼狽《ろうばい》していて……普段は仕舞《しま》ってある拳銃まで取り出して、ひと晩中寝ずにお酒を飲んでいました。どうしたのかと聞いても、何も答えてくれなくて……それが、次の日の朝、新聞でその事件の記事を見た途端、大声を上げて取り乱して」

「お、おい、アーサー？　じゃあまさか、この件も、例の紋様絡みだって言うのか？」

「当然だ。と言うか、まさか気付いてないとは思わなかったぞ、コナン。だからこそミスター・ルーカッスルは、紋様の謎を解き明かさんとする『名探偵』ホームズの許を訪れたんだ。倉庫に印《しる》された紋様を報道よりも先に知っていたのは、彼が倉庫の持ち主だからさ」

「つまり……」

　――スペンス・ルーカッスルが、『ジョナサン・ショルト』!?

　コナンは絶句。一方、アーサーは顔色をなくす夫人に、「ミセス・ルーカッスル」と辛抱強く呼びかけた。

「おそらく今夜の内にも出立する予定なのでしょうが、たとえ遠くに逃げたところで、ご主人の心が安らぐことはありません。彼の平穏を破った人物は、海の向こうのブリタニアから、遙々《はるばる》彼を追い続けてきた。おそらく両者の『因縁』で言えば、もっと遠い場所から続いているはずです。ここを離れたところで逃げ切れるとは思えません。どうかご主人と話をさせて下さい。貴女も報道でご存じかと思いますが、あの紋様の件では、すでに被害者も出ているのです」

アーサーが諄々《じゅんじゅん》と説くと、夫人は細い肩を震わせたあと、コクンと深く頷いた。それから、二人に近付いて鍵を開け、鉄柵の正門を押し開けた。

「ありがとうございます。それで、ご主人はどちらに？」

「昼からずっと三階の自室に閉じ籠もっています。仰《おっしゃ》る通り、暗くなってからここを発つ予定でした」

「結構。ああ、それと、ひとつだけ。先ほども伺いましたが、キクの前の飼い主については、貴女は何かご存じですか？」

「いえ。ただ、主人からは、まだ幼い女の子だったと——ですから、キクの世話役を募ったときも、同じ年頃の女の子にお願いしていたんです」

「黒髪のカツラも、同様ですね」

「はい。その子は髪が黒かったからと言っていました」

　質問に答えながら、夫人は玄関のドアを開けてコナンとアーサーを屋敷に招き入れた。玄関ホールから繋《つな》がる客間に通すと、「主人を呼んで参ります」と言い残して、階段を上がっていった。

　客間に残されたのち、コナンは急いでアーサーに詰め寄った。

「説明しろ。何がどうなってる」

「『キク』というのは、『クリサンサマム』のニッポンでの呼び名だ」

「クリ――な、なんだって？」

「『菊《クリサンサマム》』だよ。知らないか？　ヨーロッパ《こっち》では園芸植物《フローリスツ・フラワー》になるが、最近イギリスでも人気の花だ。ニッポンでは王家の――いや、正確には『皇室』だったな。その紋章にも用いられてる。色は白や赤、ピンクなんかもあるが、ニッポンでもっとも一般的なのは、黄色だ」

　アーサーがそう説明したとき、一緒に屋敷に入って来たコーギーが、自らを主張するように、ひと声咆《ほ》えた。

　アーサーは片膝を突いて、コーギー――キクを眺めながら、

「黄色みがかった毛並みの犬に『キク』と命名するのはニッポン人ぐらいさ。この子の前の飼い主はニッポン人だったんだ。髪が黒いというのも、この推理を補強している」

「……それはわかったが、この犬が今回の件にどう関係してるんだ？　まさか、こいつまで宝石を吐き出すんじゃないだろうな？」

「この犬――かつてニッポン人が飼っていた犬を譲り受けた人物が、緋色《ひいろ》の紋様に強い興味を示して、わざわざ記事にあった『探偵』の許を訪れたんだぞ？　当然その人物は、紋様の関係者に違いない。そして、緋色の紋様に関わる人物は、いまや殺人犯の『小三郎』と、被害者となったミスター・藤田を除けば、二人だけ。そして、アルセニー・リードは背の低い痩せた男だった」

「そ、そうか。モンタギュー街にいたアルセニー――つまり『ジョン』には、お前は会ってるものな。だから、ミスター・ルーカッスルが最後の一人である『ジョナサン・ショルト』だと考えたわけか？」

「裏付けも取れたよ。市警《ヤード》は倉庫の持ち主《オーナー》捜索で頓挫したが、スペンス・ルーカッスル側から辿《たど》って倉庫との繋がりを探るのは、それほど困難なことじゃなかった。秘密の倉庫ではあったようだが、彼はそれなりに知られた商売人だからね。調べようはある」

　とアーサーはクラウスが聞いたら歯ぎしりしそうなことを言った。

　膝を払って、立ち上がりながら、

「自らの倉庫で緋色の紋様を発見したミスター・ルーカッスル――いや、この際『ジョナサン・ショルト』としようか。彼は『誅《ちゅう》』の血文字が意味する心当たりに、大いに狼狽する。そして……ここからが肝要だが、彼は警告を受けた他の二人のように即座に逃亡するのではなく、飼い犬の遊び相手を探して、高額な給金を支払った上、庭で遊ばせ始めた。しかも、黒髪のカツラを被せてね」

「……言われてみると、意味がわからないな」

「いや、意味なら自明だ。彼は、警告者『小三郎』に対して、キクの飼い主がいることをアピールしていたのさ。カツラなんかは、その証拠と言っていい」

「アピール？　カツラは、キク《こいつ》を懐かせるためなんだろ？」

「馬鹿を言え。犬が人を認識するなら、一にも二にも『におい』だ。嗅覚に訴えるべきであって、視覚を似せたところで意味なんかない。カツラは、犬ではなく人に対する――飼い主が庭で遊ぶ姿を『外から見る人間』に対するカモフラージュさ。さらに言えば、少しでも『顔を隠す』意味もあったろうね。つまりサラは、キクの前の飼い主である、ニッポン人の少女の『身代わり』にされていたんだ」

アーサーの推理に、コナンは思わず生唾を飲む。

日本人に見せかけるための黒髪のカツラ。そう言えばサラは、『誰か訪ねて来ても絶対会ったり喋《しゃべ》ったりしちゃいけない』とも指示されていたはずだ。あの指示にしろ、正体がバレないための対策だったのだろう。

しかし、なら何故《なぜ》ルーカッスル――『ジョナサン・ショルト』は、逃げるのではなく、日本人の少女の身代わりを用意したのか。

「……改めて事件を振り返ると、『小三郎』の方も『ジョナサン・ショルト』に対してだけは、住居に直接ではなく、仕事に使っている倉庫に、間接的に警告を残している。なぜか？　おそらく、『この屋敷に血文字を残す』ことを避けたんだ。屋敷にいるはずの何者かに、血文字を見られたくなかった――自分が行う『誅』に、巻き込みたくなかったんだろう」

「……それが、ニッポン人の少女か？」

「ああ。そして、『小三郎』はニッポン人だ」

「なら……まさか家族？　娘か？」

「少なくとも、身内の人間と見なすべきだろうな」

少しずつ少しずつ、事の全容が見えてくる。意味が不明だった断片的な「事実」に、それぞれ合理的な意味があった――それが、霧が晴れるように見通せて行く感覚に、コナンは我知らず武者震いをした。

――なら……。

「そのニッポン人の少女は？　いま、どこに？」

「……『ジョナサン・ショルト』は、身代わりを立てた」

アーサーはコナンの問いに直接答えなかった。が、その回答は伏せられた事実を、簡潔に示唆していた。

コナンが息を呑《の》んだとき、

「来て下さい、アーサーさん！　主人から——部屋から返事がないんですっ」

階段を下りてきた夫人が、玄関ホールから叫んだ。コナンとアーサーは一瞬顔を見合わせたあと、すぐに客間を飛び出した。

案内する夫人を追い越して階段を駆け上がり、「突き当たりの部屋です！」という夫人の声を背に、三階の廊下を走る。

指示された部屋には鍵が掛かっていた。

「ミスター・ルーカッスル！　……ジョナサン・ショルト！」

アーサーが激しくノックしながら呼びかけたが、部屋からはなんの反応もなかった。ドアに耳を貼り付けてみても、中からは物音ひとつしない。

背後に、息を切らせた夫人が追いついて来た。コナンが振り返ると、彼女は問われる前に首を横に振った。

「間違いなく、中にいるはずです」

「鍵は？」

「主人しか」

くそっ、と小さく毒づきつつ、コナンはアーサーをドアから下がらせた。勢いを付けて肩からドアに体当たりする。しかし、ドアはわずかに軋《きし》むだけで、びくともしなかった。コナンは二度ほど体当たりを繰り返したのち、お手上げで頭を振った。

「駄目だ。何か道具を使うしかない。ミセス・ルーカッスル。手斧《ておの》のような物は——」

「必要ない」

鋭く告げたのち、アーサーはベーカー街から持って来ていた鞄《かばん》を開けた。中から取り出したのは、ズシリとした金属製の筒だ。

その筒をドアノブにあてがい、

「……これをやると一発でサクラダイトがお釈迦《しゃか》になるから、可能なら避けたかったんだが……」

「……え？　待て、アーサーっ。まさか⁉」

「離れて」

「ああ、もうっ⁉　ミセス・ルーカッスル！　こちらに！」

コナンは慌てて夫人の手を取り、急いでドアから距離を取る。

アーサーは筒を固定したのち、

「伏せろ！」

と叫んで、廊下に身を投げだした。

コナンも即座に、夫人共々床にかがみ込む。

閃光《せんこう》と爆音と衝撃が駆け抜け、地震のように豪邸が揺れた。ノブ周辺を破壊されたドアが、列車に衝突したような勢いで部屋の中に開かれた。

ジンジンと耳鳴りがする。「大丈夫ですか⁉」と声をかけたが、夫人は悲鳴を上げることすらできずに呆然《ぼうぜん》と尻餅をついていた。とりあえず怪我《けが》はなさそうだ。

コナンは立ち上がり、

「アーサー！　こういうことは、せめてやる前に相談してくれ！」

「…………」

「アーサー？」

起き上がったアーサーは、コナンの声が耳に入らない様子で、じっと部屋の奥を見つめていた。コナンもハッとして、アーサーが投げている視線を追う。

そして、苦々しく顔を歪《ゆが》めた。

「ああ、クソ……」

室内は、窓から差し込む夕陽《ゆうひ》に、赤く照らされていた。

部屋の奥にはテーブルと椅子が置かれている。ルーカッスルはその椅子に座り、ぐったりと頭部を左肩の上に傾けていた。

目は大きく見開かれ、口からは血の混じった泡が垂れている。数日前の、留置場の光景を彷彿《ほうふつ》とさせる姿だ。近寄って確認するまでもなく、絶命しているのは明白だった。

「……あなた？」

背後で弱々しい声がした。コナンは我に返ると夫人の視線を遮るように立ち、彼女を立ち上がらせた。彼女もすでに察したらしく、それ以上何も聞こうとしない。コナンは自失する夫人を階段まで誘導し、側にあった椅子に座らせた。

「……少し待っていて下さい」

そう言い聞かせて、ルーカッスルのいる部屋へと戻る。

荷造りを済ませた後だったためか、部屋は妙に片付いていた。コナンは、ルーカッスルの側に移動する。すると、彼の右耳の後ろに、見覚えのある針のような物が刺さっているのに気がついた。

藤田のときと同じ、吹き矢の矢だ。

コナンは奥歯を嚙《か》み締《し》めた。

——遅かった。またしても……！

悔しさから顔を背けると、今度はデスクの上——天板に残された「傷」に気がついた。偶然ではなく、故意に付けられた傷跡だ。刃物の先でガリガリと削ったらしき「それ」は、血で印《しる》されたものとは異なる印象ながら、同じ文字であることが判別できた。

「誅」。

血文字のそれが見る者に「恐怖」を与えたのに対し、強く刻まれた傷跡は、それを印した者の激しい「怒り」を表しているように感じられた。

「……アーサー。来てくれ。ここに——」

コナンは呼びかけながら顔を上げる。見ると、アーサーは部屋にある窓の前に立って、じっと窓枠をにらんでいた。

「どうした？」

「——鍵が掛かっている」

「それがどうかしたのか？」

「鍵は、ドアにも掛かっていた」

「……だから？」

「犯人はどこからこの部屋に入り、どうやって出て行ったと思う？」

言われるまでそういう所に気が回らない、自分の鈍さに嫌気が差した。アーサーの言う通りだ。この部屋の出入り口は、さっきアーサーが吹き飛ばしたドアだけである。そしてそのドアは、中から鍵が掛けられていた。犯人が出入りできたはずがない。

「そっちに暖炉がある。この煙突は下にも通じてるだろ。そこから——」

「無理だね」

とアーサーは即座に否定した。

「先に確認したが、格子が嵌《は》まってる。第一、人が通るには難しい狭さだ」

「しかし……！」

——じゃあ、どういうことなんだ？

コナンは目眩《めまい》を覚えて、黙り込む。他方、アーサーは鞄から、今度は片目だけのオペラグラスのような物を取り出した。前にも見た、彼が精密な部品を扱うときに使用しているアイルーペだ。

アーサーはアイルーペを右目に当てると、窓枠を調べ始めた。素早く、しかし入念に、窓枠をくまなく観察。そののち鍵を開けて窓を開け、外に頭を突き出した。

西側に面した窓からは、正面に沈みゆく夕陽が見えた。また、少し離れて二階建ての隣家の屋根が見下ろせる。

　だが、何しろ三階だ。アーサーの隣から見下ろした屋敷の壁面には、足掛かりになりそうな物はない。雨樋《あまどい》のパイプもなければ、頭上の屋根にも到底手が届かなかった。縄梯子《なわばしご》でも用意しない限り、この窓から侵入することは不可能だろう。何より、窓にも鍵が掛かっていた。当然施錠されたのは内側からのはずだ。

「……アーサー？」

「……何か仕掛けがあるかと思ったが見当たらない。ドアを吹き飛ばしたのは、早計だったかもしれないな」

「さっきの状況じゃ仕方なかったさ。それより、やはりドアの方になんらかの仕掛けを？」

「たとえ仮説でも、何かを述べるには情報が足りない。……死後どれくらい経《た》っているかわかるか？」

「無理だ。ここじゃあ調べようがない」

「ん……いずれにせよ、市警《ヤード》を呼ぶ必要はあるな」

　アーサーはそうつぶやくと、窓から離れた。冷静に振る舞ってはいるが、心なしか声が沈んでいる。彼も彼なりに、ルーカッスルを救えなかった無念を噛《か》み締めているのだろう。

　アーサーは遺体に近付き、耳の後ろに刺さった矢を忌々しげに注視した。デスクの傷跡を確認し、遺体の右斜め後方へと首を向ける。

「……矢が刺さったのがこの位置なら不意打ちに違いない。角度的にはこちらからだが……」

生憎《あいにく》、アーサーが見つめる先には、部屋の壁があるだけだった。それでも、その、なんの変哲もない壁に向かって、アーサーが歩き出す。

が、唐突に足が止まった。

アーサーが目を光らせて、絨毯《じゅうたん》の上に蹲《うずくま》る。アイルーペをかざして、足下を観察した。

「どうした？」

「……ここに何か……木屑《きくず》？」

独りごちたあと、ハッとしてアーサーが天井を仰ぎ見る。

「コナン！　来てくれ！」

「なんだ？　何かあったのか？」

「しゃがんで」

「うん？　……って、おい!?」

「動くな！　揺れる。そっと立ち上がれ」

しゃがみ込んだコナンの首に、アーサーが跨《また》がった。コナンは舌打ちしたが、言われたとおりに、そっと立ち上がる。コナンがアーサーを肩車する形だ。

アーサーは「——そのまま」と告げたのち、足を上げてコナンの肩を靴底で踏みしめた。

コナンはよろけそうになるのを耐えながら、なんとかバランスを取る。

コナンの両肩を足場にして、アーサーがゆっくりと立ち上がった。

中腰の姿勢で、天井へと手を伸ばし、

「あったぞ！」

と叫んだのち、天井の板を押し上げた。

パラパラと木屑が落ちて、天井の一部が上に外れた。人一人がなんとか通れる程度に、天井が切断されていたのだ。コナンは、あっ、と声をもらす。

「犯人の侵入経路か⁉」

「おそらく！」

アーサーは身体を伸ばし、天井の穴から上によじ登った。しかしすぐに、「ええい、暗い！」と穴から下に向かって顔を出す。

「明かりはあるか？」

「明かり——ある！　このランプを！」

「届かない！　コナン。そっちの棚は、もう空だ。動かして、君も上に来てくれ」

「わかった！」

コナンはすぐに壁際の棚を、穴の真下に動かした。ランプを手によじ登り、アーサーが伸ばした腕をつかんで、なんとか天井の上に移動する。

穴を登った先は、真っ暗な屋根裏だった。アーサーが受け取ったランプに、マッチで火を付けた。

ランプの明かりが屋根裏を照らし出す。辺りはぶ厚い埃《ほこり》に覆われていたが、よく見れば所々——特にいま入って来た穴の周辺は、埃が薄れていることに気が付いた。何者かがここにしゃがんで作業を行った跡だろう。他にも——足跡が残っている。

「アーサー」

「うん」

アーサーは足跡を辿《たど》って、屋根裏を歩いた。ギシギシと足下が軋《きし》み、一歩踏み出すごとに床の埃が舞い上がった。

足跡は、傾斜した天井——屋敷の屋根に突き当たって途切れていた。アーサーは天井に手を伸ばし、ペタペタと付近を触ったあと、ぐっと力を入れて押し上げた。

さっきと同じように、切断されていた屋根が持ち上がり、穴が開く。アーサーはランプを置いて、すぐに屋根の上に出た。コナンも穴に頭を入れ、上半身を外に出した。

視界が開ける。眼前に屋敷の屋根が。頭上に深い群青色の夜空が広がっていた。夏の夕暮れを渡る風が、ぶわりと乱雑にコナンの髪を撫《な》でた。

コナンは屋敷の屋根の上を見回した。屋根が傾斜する先には、芝生に覆われた広い庭が見える。屋敷の裏庭。サラがキクと遊んでいたのは、あの庭なのだろう。しかし、屋根そのものには——屋根の上に登ったのは、これが初めてだったが——特に変わった点は見当たらない。

「……犯人はここから？　けど、何もないぞ？」

「だが、ここだ。でなければ、この穴の説明が付かない」

アーサーは屋根の上で、おっかなびっくり身体を伸ばして周囲を確認した。そして、コナンが止める間もなく屋根の端へと歩き始め——足を滑らせて転倒した。コナンは心臓が止まるかと思った。

「アーサー!?」

「うむ……歩行に適した足場とは言えないな」

「動くな！　俺が行くから！」

コナンは屋根裏から屋根の上に登り、腰を落としながらアーサーの側に近寄る。ぺたんと身を伏せた彼が、「あっちだ」と指さす方向に、そろりそろりと足を進めた。

慎重に、屋根の端に辿《たど》り着いた。

そして、

「っ！　あったぞ！　屋根の縁に何かを引っかけたような跡がある！」

「たとえばフックを引っかけたような？」

「まさしく、そんな傷跡だ！」

アーサーに怒鳴り返しながら、コナンはそっと屋根の下をのぞき込んだ。三階建ての建物の高さは、特に高い場所に苦手意識があるわけではない彼でも、足が竦みそうなほどだった。足下の傷跡は一箇所だけ。これがフックを引っかけた跡だとすれば、犯人はこの高さを、フックに結んだロープ一本で登り切ったことになる。

留置場のときと同じ感触だ。不可能ではない。ただし、信じがたい離れ業だった。

「よしっ、コナン。その位置に何か目印になる物を置いて、戻ってくれ。今度はその真下を調べる。庭に出るぞ」

そう言うと、アーサーはコナンを待たずに屋根の穴から屋敷の中に戻った。コナンは少し迷ったあとポケットからペンとハンカチーフを取り出すと、傷跡のある屋根の縁にハンカチーフの端をペン先で突き刺し、固定した。

屋根裏に戻り、ランプを手に三階の部屋に降りて、廊下に出る。

「……コナンさん」

階段の手前で椅子に座り込む夫人が、まだ放心状態のまま、コナンに向かって声をかけた。コナンは痛ましい思いを押し殺し、夫人にスコットランド・ヤードを呼ぶよう指示をして、アーサーの後を追いかけた。

一階まで下りた後、玄関から外に出る。屋敷の外壁を回り込むように、裏にある庭に走った。

背後で、犬の鳴き声が続いた。コナンが肩越しに振り返ると、一階に残されていたキクが、彼の後に付いて来ていた。たちまち追いつくコーギーを連れて、コナンは屋敷の裏の庭に出る。

もうほとんど日が沈んでいた。辺りは暗い。が、まだ辛うじて庭が見通せる。先行していたアーサーの姿があった。コナンが残したハンカチの下で、地面に這《は》いつくばるようにして周辺を調べている。

「アーサー！」

「……足跡らしきものは残っている。細かな木の破片も——これは、フックを引っかけたときに屋根から落ちてきた物だろう。けど……ここからさらに足跡を辿るのは難しそうだ。……チッ。どこかで防腐剤《クレオソート》でも踏んでてくれれば楽だったのに」

アーサーは悔しげにぼやいたが、彼が悔しがるということは、これ以上の追跡が本当に難しい証左だろう。犯人はまたしても逃げ去ったのだ。コナンも「クソッ」ともう一度毒づいた。

「『小三郎』なのか？」

「他に誰がいる？　これで二人目。残るは、一人だ」

そうだ。呪われた緋色《ひいろ》の紋様を送られた人物は、もう一人いる。モンタギュー街に、コナンの前に住んでいた住人、『ジョン』。だが、彼に迫る手掛かりは何ひとつ手元にない。

では、『小三郎』はどうなのだろうか？　逃げた藤田や、身代わりを立てたルーカッスルを追い詰めたように、『小三郎』はいまも、『ジョン』に迫る手立てを確保しているのだろうか。

――そして、殺すのか？　他の二人のように？

コナンは嫌な予感を振り払い、再び庭を見回した。

そしてふと、キクが庭の片隅に、こちらに背を向けて座り込んでいるのを見つけた。

「……キク？」

なぜか吸い寄せられるようにして、コナンはキクの許に歩き出す。アーサーが「コナン？」と立ち上がって後に続いた。

コナンは持って来たランプを掲げながら、キクの側に歩み寄った。そして、ランプの明かりに浮かび上がった物を見て、思わず息を呑《の》んだ。

庭の片隅。植木に隠れるようにして地面に突き立てられていたそれは、高さが二フィートもない、小さな十字架だった。違う場所、違う状況で見つけたなら、飾りか何かだと思ったかもしれない。しかし、直感的に理解できた。

これは墓標だ。ここは墓なのだ。

しかし、誰の？

――決まってる……。

キクの前の飼い主――日本人の少女の墓だ。

座り込んだキクが、クウンと悲しげな声をもらした。コナンは痛ましい思いに胸を塞がれて、十字架の前に跪《ひざまず》いた。

と――

視界の隅で、何かが光った。なんだ、と思って十字架の根本に視線を落とし――

「これは……墓か？　とすると、これでルーカッスルが身代わりを立てた理由も証明されたな。彼が手に掛けた――とは思いたくないし、そうする理由があったとも思えない。おそらくは事故か病気だろうが……結局彼は、『小三郎』を止める手段をとっくに失っていたわけだ」

「………」

「コナン？」

「……アーサー。これ……」

アーサーの独白には答えず、コナンはランプを十字架の近くに寄せる。キラッと何かが明かりを反射した。それを見て、アーサーがぽかんとする。

「――まさか、《あを石榴《ざくろ》》？　なんでここに？」

小さな十字架を掲げる、ささやかな墓の上。

まるで死者に花を手向けるかのように、美しい翠《みどり》の宝石がひっそりと輝いている。

そして――宝石の下には、折り畳まれた紙が置かれていた。二人は視線を交わし合ったのち、アーサーが手を伸ばして、宝石と紙を取り上げた。

「……本物の《あを石榴》だよな？」

「少なくとも、そう見える。こっちの紙は――これは『和紙』だな。ニッポンの紙だ」

コナンはランプの明かりでアーサーの手元を照らす。和紙はずいぶんと色褪《いろあ》せ、一部は破れてもいた。地面に置いていたからそうなったわけではなく、もともとそれなりに古い物なのだろう。アーサーは宝石をポケットにしまったのち、丸めるように折り畳まれていた和紙を、慎重に広げていく。

そして——

「……アーサー？　なんだ、これは？」

「……この一辺が破り取られているな。形状から推測するに、肝心の文面はほとんどそっちに書かれていたんだろう。これは一連の手紙の、最後の部分——署名だな」

アーサーの言う通り、紙には四つの署名らしきものが書かれていた。

それに、四つある署名のそれぞれに付けられた、赤黒い、楕円形《だえんけい》の印。

「印影？　いや、指紋か？　それにインクじゃない。あの紋様と同じ——」

「……ああ。血だな。そして、署名の二つはアルファベットだが、残る二つは——おそらく例の血文字と同じ『漢字』に違いない。そちらは判読できないが、アルファベットの方は——」

読める。

ひとつは、『Jonathan Sholto《ジョナサン・ショルト》』。

もうひとつは、『John Morstan《ジョン・モースタン》』。

「アーサー。これは……」

「……どうせ漢字の中には『小三郎』の文字もあるんだろう。緋色の紋様にまつわる関係者たちだ。とりあえず、四つの点が、すべて結びついた」

事件の裏に潜む因縁の証。それはまるで、墓の下に眠る死者にそっと語りかけられた、古い物語の断片のようだった。

暮れゆく夏空の下、コナンとアーサーは小さな墓標の前で、ランプに照らされる手紙の切れ端を無言のまま凝視する。

蹲《うずくま》っていたキクが、か細い声で小さく咆《ほ》えた。

その力は《ギアス》というらしい。

場合によっては、標的から外すべきかもしれない。そんな思いは木っ端微塵《みじん》に砕け散った。

死の偽装を知ったときの怒りは、目眩《めまい》がしそうなほどだった。その場で屋敷に押しかけなかったのは、まだもう一人残っていたからだ。最後の一人は行方を晦《くら》まし、《教授《プロフェッサー》》の組織の目からすら逃れている。いまここで彼が行動を起こせば、最後の一人はこのまま永久に姿を晦ましかねなかった。

煮えたぎる感情を鉄の意志で制し、最適な行動を模索する。

しかし、精神の揺らぎは思考を曇らせ、判断を鈍くした。悲願を遂げるために、何が必要で何が不要なのか、考えることができなかった。

そんなときだ。

「それは君の本当の願望かい？」

《教授《プロフェッサー》》が言った。彼は反射的に苛立《いらだ》ち、怒気を顕《あら》わにした。

復讐《ふくしゅう》こそ、己が使命。いま自分は、そのためだけに生きているのだ。

「そう、その点は認めよう。君は復讐に殉じることに、一片の迷いもない。感心するほどさ。だから、本当は迷う必要はないはずなんだ。君は目的のために心を殺すが、そうじゃない。逆だ。君の心は、すでに復讐に染まっている。なら、君はただ、自分の心に身を任せればいい」

言葉の意味は理解できる。だが、なぜそんなことを自分に話すのかという、《教授《プロフェッサー》》の意図までは理解できなかった。

なぜ、と問いかける彼に、《教授《プロフェッサー》》は妖しく微笑《ほほえ》む。

「好奇心かな。君のように自らの願望に固執する者を、私の力で『解放』するとどうなるか。純粋に知りたいのさ」

《教授《プロフェッサー》》は「解放」と言った。それはどういう意味なのか。そう聞き返す前に、彼の全身に、微弱な、冷たい電流のような何かが走った。

無意識の警告。

殺気に似た何かを捉えていた。長年鍛えてきた彼の感覚が、迫る危険を訴えている。一方で、強力な磁力を浴びたように、意識が眼前の男に吸い寄せられた。

動けない彼の前で――

《教授《プロフェッサー》》の左目が、光を放つ。

「君に我が祝福を授けよう。目覚め給《たま》え、異邦の復讐者」

変化は劇的だった。

頭の中の霧が、晴れ渡った。思考が切れ味を取り戻し、感情が豊かに躍動した。

変化は精神に留まらない。肉体も。往時の力、技の切れが甦《よみがえ》った気がする。「ストッパーが外れたからさ」と《教授《プロフェッサー》》は言ったが、原因などなんでもよかった。自らの意思に自らの身体が遅滞なく追従する万能感が、確かにあった。

何が起きたのかはわからない。

ただ、それは確かに「解放」だった。

そして、クリアになった胸の奥には、己が抱き続けてきた復讐の刃があった。冷たい質感を感じるほど明瞭に、冴《さ》え冴《ざ》えと輝いていた。

自分は間違っていない。その確信が、より強固に彼を支えた。自分は、為《な》すべき事を為せばいいのだ。ただ自らの心のままに。

「……どうする？」

《教授《プロフェッサー》》が口にした質問の答えを、彼は自らの内側に求めた。

「……まずは墓を参ろう。あの石を本来の持ち主に返し——不甲斐《ふがい》ない自分の、せめてもの決意を話してくる」

「それから？」

重ねて尋ねる《教授《プロフェッサー》》に、彼は久しぶりに腹の底からの笑みを浮かべた。

「我が心の命じるままに」

# 事件4

## 「四つの血判」

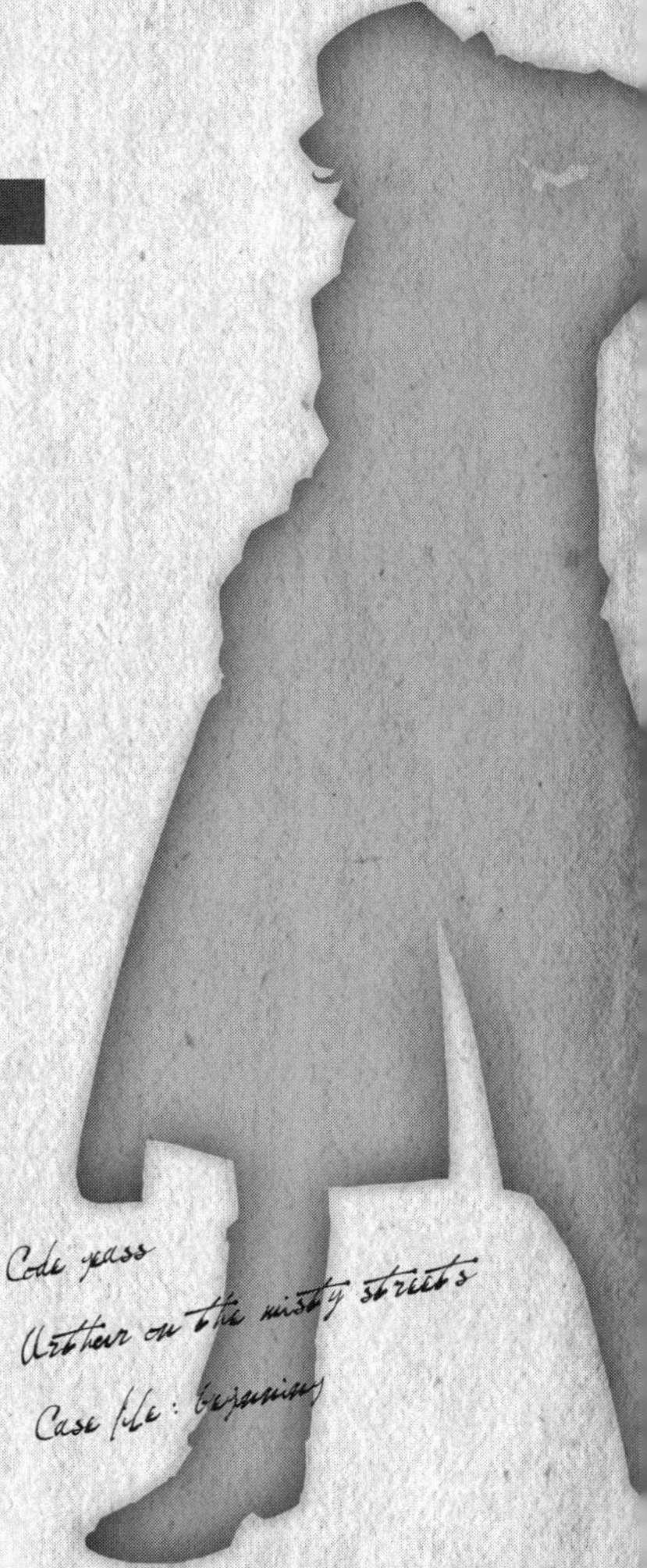

# 1

スペンス・ルーカッスルの変死は、大きなニュースとなってロンドンを騒がせた。

コナン・ワトソンが思っていた以上に、ルーカッスルは財界で知られた商人だったらしい。最初は突然の死を悼む内容の記事がほとんどだったが、《ストランド・ニュース》が彼のデスクに例の紋様が刻まれていた事実をすっぱ抜いたあとは、ロンドン中が騒然となった。

今回はさすがに隠しようもなく、知人の死――それも殺人――に、サラ・ハドソンは少なからぬショックを受けていた。助けに行くと言って出かけたコナンとしても不甲斐《ふがい》ない限りだ。ターナ・ハドソンは毅然《きぜん》とした態度で妹の心をケアしてくれたが、申し訳なさの余り、コナンはサラの顔がまともに見られなかった。

「仕方ないよ。コナン君たちが悪いわけじゃないもの。それに、今度ルーカッスル夫人が、キクを連れてベーカー街に会いに来てくれるって。それで、少しはサラも気が晴れると思うわ」

そうコナンを慰めたのは、マリー・ハドソンだ。サラの縁もあり、事件の取材をする過程で、夫人とは交流が深まったらしい。夫を失った彼女を、個人的にもサポートしている。ちなみに、今回の《ストランド・ニュース》のスクープは、マリーの仕事ではない。彼女の同僚がスコットランド・ヤードから情報を仕入れ、いち早く報じたのだそうだ。マリーにすれば出し抜かれた形になるが、悔しがる素振りはなく、ただ妹や夫人の傷心を心配していた。

そして、第一発見者としていよいよ『探偵』に祭り上げられたアーサー・ホームズは、コナン共々スコットランド・ヤードで高圧的な取り調べを連日受けていた。

何しろ、藤田の件に続いて、「連続殺人事件」に首を突っ込んだことになる。数日前までは銀助が容疑者になる可能性を口にしていたが、いまや自分たちが怪しまれている始末だった。幸い、クラウス・レストレードが二人を擁護してくれたので嫌疑を掛けられることはなかったが、心労は積もるばかりだ。

来週にはロンドン大学に入学するのだが、心が麻痺《まひ》しているのか、その予定が他人事のように感じられる。自分の人生の五里霧中ぶりに、コナンはもはや諦観を抱いていた。

あるいは、だからだろうか。

スコットランド・ヤードで最後の取り調べが終わった日の夜更け、コナンは、アーサーの提案に反対をしなかった。

「『ジョン』と『小三郎』を捜し出そう。一連の事件に、僕たちの手で幕を下ろすんだ」

ベーカー街２２２Ｂのリビングだった。テーブルに着くコナンとアーサーは、それぞれ珍しくウイスキーを傾けていた。取り調べが終わって帰宅したあと、どちらからともなくグラスを傾け始めたのである。こんな風に酒を酌み交わすのは、二人が知り合ってから初めてのことだった。

振り返ってみれば、ルーカッスルの遺体を発見して以降、アーサーの口数は明らかに減っていた。彼なりに思うところがあったのだろう。コナン自身がそうであるように。

静かにこちらを見つめるアーサーの眼差《まなざ》しに、コナンは重々しく頷いた。

「……わかった。はっきり言って、事ここに至っては、俺たちは事件の『当事者』だ。しかも、放置すれば第三の殺人が起きることは明白だろう。座視することはできない。『小三郎』を止めよう」

「……いいのか？」

「構わない」

キッパリと答えると、アーサの瞳の奥に火が点《とも》るのがわかる気がした。あるいは自分も、いまは同じような目つきをしているのかもしれない。摂取したアルコールが、胃の底で熾《おき》火《び》の如く熱を発している。コナンは火に薪《まき》をくべるように、ウイスキーのグラスを傾けた。

ルーカッスル邸の庭にあった墓。あそこに《あを石榴《ざくろ》》と一緒に置かれていた手紙の切れ端は、すでにスコットランド・ヤードに提出している。ただ、手放す前に銀助に頼んで、署名の漢字を解読してもらっていた。

その結果、わかった署名は、

『Jonathan Sholto《ジョナサン・ショルト》』。

『John Morstan《ジョン・モースタン》』。

そして、『藤堂高保《とうどうたかやす》』。

最後に、『沢村《さわむら》小《こ》三郎《さぶろう》』だ。

この内、『藤堂高保』が『藤田高祐』の本名だろうということは、銀助が示唆してくれた。

また、銀助が教えてくれたのは、それだけではない。

「これは……おそらく血判状ですね」

「血判状？」

「はい。血判とは、指先を切って、自らの署名に血を捺印《なついん》することを言うんです。日本で行われる、誓いの儀式ですよ。自らの生命に懸けても、『決して裏切らない』という覚悟を示すために行われるものです」

この手紙が事件に関わる物だということは、さすがに銀助も察したらしい。ずいぶんと詳細を聞かれたが、コナンたちは適当に誤魔化《ごまか》した。

特に説明できるような事実が判明していないこともあるが、これ以上銀助を巻き込みたくなかったのだ。

手紙――血判状にある名前の内、『藤堂高保』と『ジョナサン・ショルト』は『沢村小三郎』の手に掛かった。

残るは、『ジョン・モースタン』。

「だが、どうやって捜す？　血判状で本名はわかったとしても、向こうを追う手掛かりにはならないだろう？」

「手掛かりを追うのではなく、こちらから向こうに働きかける」

「と言うと？」

「いくつか考えているが、まずは新聞に広告を打つんだ。例えば、こう」

アーサーはテーブルにあった新聞を引き寄せ、わずかな余白に素早くペンを走らせた。

『ジョンへ。J・Sが少女に残した遺産を発見。連絡を待つ。A・H』

コナンは一読して、なるほどと頷く。「J・S」はジョナサン・ショルト。「A・H」はもちろんアーサーのことだ。要するに、ハッタリを利かせて向こうを誘《おび》き寄せる作戦である。

「イニシャルだけで通じるか？」

「まず問題はない。いまごろあの二人、特に『ジョン』の方は、血眼になって情報を漁《あさ》っているはずだ。これで駄目なら別のツテを使ってロンドンの裏社会に噂《うわさ》を流すという手もある」

「裏社会って……そんなツテ、あるのか？」

「……ある。僕ではなく、実家のツテだがな」

アーサーの台詞《せりふ》に、コナンは驚きつつ、それを表に出さないよう自制した。

あれだけ実家を忌避していた男がツテを頼ると言うのだから、アーサーの覚悟が窺《うかが》えるというものだ。ただ、スコットランド・ヤードに圧力を掛けるのみならず、裏社会にも顔が利くとなると、彼の実家が一体なんなのか——いや、ここは徒《いたずら》に想像力を逞《たくま》しくしている場合ではないだろう。アーサーが言わないのだから、コナンが知る必要はないのだ。

「わかった。どんな反応があるかはわからないが、やってみる価値はあると思う。けど、『ジョン』じゃなく、『小三郎』の目に留まったらどうする？」

「同じ事だ。そのときは、現れた『小三郎』を捕縛すればいい」

「できるのか？」

「やるさ。そのための発明品も、すでに頭の中に複数案ある」

「……発明品かあ……」

「コナン？　君が取っ組み合いで取り押さえたいというなら、意思を尊重するのも吝《やぶさ》かではないぞ？」

生憎《あいにく》、信じがたい離れ業をこなす吹き矢の使い手と、取っ組み合いをしたいとは思わない。コナンは謹んで辞退する旨を、肩を竦《すく》めることで表示した。

「市警《ヤード》に協力は求めないのか？」

「《あを石榴》の一件だけでも、市警《ヤード》に頼る気が失《う》せるには十分だろう」

コナンの確認に、アーサーは仏頂面で答えた。

ルーカッスル邸で血判状と共に墓に供えられていた宝石は、ワガハイが吐き出し、コナンたちを事件に誘った、本物の《あを石榴》だった。あの夜回収してスコットランド・ヤードに問い合わせたところ、いつの間にか倉庫から遺失していたことが発覚している。まず間違いなく、『小三郎』の仕業だろう。留置場の事件後、スコットランド・ヤードに侵入して持ち出したのだ。この件は秘密裏に処理されたが、スコットランド・ヤードの面目は丸潰れ。とんだ失態である。

『小三郎』の意図がどこにあったのかはわからない。ただ、コナン個人としては、おそらく隠された意図などはないのではないかと思っている。墓の下に眠っている少女が、『小三郎』にとってどういう人物なのかは不明だが、その死を悼んだのか、もしくは死者こそが宝石の本当の持ち主だったのかもしれない。とにかく彼は、ただ宝石を墓に置きたくて置いたのだろう。そうすべきだ、と考えて。

だが、『小三郎』の理由はさておき、留置場内での暗殺といい《あを石榴》の奪取といい、スコットランド・ヤードが彼にいいようにしてやられているのは事実だ。アーサーが頼る気になれないのも、無理からぬ事だった。少なくとも『小三郎』の犯行に対し、スコットランド・ヤードは全く機能していない。

ただ、それでも、

「レストレード巡査部長にだけは、話を通しておいた方がいいと思う」

コナンが言うと、アーサーは「なぜ?」と聞き返した。

「彼は信用できると僕も思うが、頼りにできるかとなると、残念ながら違う《ノー》だろう。下手に巻き込んでしまえば、僕たちのとばっちりで彼の立場を危うくしかねない」

「そうかな？　俺はあの男が、そこまで全面的にこちらの味方になるとは思わない」

「うん？　だったらなおさら……」

「だからこそ、さ。彼には市警《ヤード》で、彼の役職に則《のっと》った捜査を続けてもらえばいいんだ。その上で、俺たちが自発的に行動するつもりだってことを伝えて、知っておいてもらうだけでいい。市警《ヤード》の巡査部長が俺たちの真意を知っているってことが大事なんだ」

アーサーの作戦は、一種の挑発行為だ。それがどんな反応をもたらすかは、予測できない。

それでも――というより、だからこそ――スコットランド・ヤード内に、コナンたちの事情を把握している人物がいることは、いざというときに意味を持って来ると思うのだ。

「俺たちは俺たちで事件の解決に向けて動いてるってことを伝えておけば、司法の力が必要になったとき、話が早いはずだ。そして、そういうときは、必ず来る。もちろん、余計なことはするなと釘《くぎ》を刺されるかもしれないが、それで俺たちの方針が変わることはないわけだろ？」

「………」

コナンが意見を述べると、アーサーは返事をせずに、マジマジと彼を見つめ返した。

コナンは急に不安になり、

「なんだ？　駄目か？」

「……いや。君の言うことには一理ある。貴重なアドバイスに感謝する、コナン」

「大袈裟《おおげさ》だな。別にお前のための進言じゃない。俺たちはとっくに、一蓮托生《いちれんたくしょう》だろう」

「……だな」

アーサーがニヤっと笑い、ウイスキーの入ったグラスをコナンに向かって掲げてみせた。

「なんと言うか……まさしく、禍福はあざなえる縄の如しってやつだな」

「どういう意味だ？」

「運命の女神は気まぐれってこと。ずいぶんな事件に巻き込まれはしたが……おかげで得るものもあったって話だよ」

アーサーが何を言わんとしているのか、いまいちコナンにはわかりかねた。ただ、彼が皮肉ではなく、「得たもの」を素直に喜んでいるのは伝わった。

それが何かは、措くとして――

「気が早いぞ。ここからが正念場だ」

「ああ。まずは新聞広告から始めるとしよう」

アーサーが掲げるグラスに、コナンは自分のグラスを、チン、と打ち合わせた。

＊

しかし、コナンたちの決意とは裏腹に、アーサーがあの文面を新聞広告に載せることはなかった。

その必要がなくなったからだ。

「お久しぶりですね、ミスター・ホームズ。私のことを覚えているでしょうか」

「……正直に言えば、あまり覚えてはいません。何しろ、そもそも覚えるほど会っていませんでしたからね」

「ごもっとも。私も、人と会うことはなるべく避けていた。ですが、君のことはよく覚えていますよ。いまだから言いますが、君の機械弄《いじ》りにはずいぶんと辟易《へきえき》させられました」

男はそう、皮肉っぽく言った。

物腰は丁寧であると同時にシニカルさが染みついている。ただ、端々から疲労感が滲《にじ》んでもいた。アーサーは彼の皮肉には応じず、冷徹な面持ちで彼を見つめている。コナンも感情を表に出さないよう注意してはいたが、内心ではかなり緊張していた。

――まさか、こうなるとはな。

マリーの記事が評判になって以来、ベーカー街２２２Ｂには様々な客が訪れるようになった。犯人を見たと訴える目撃者や、犯人を知っていると主張する証言者。事件に関する己の推理を披露する者や、全くの別件で「名探偵」を頼ってくる者。中には、ただ激励にだけ訪れる者などもいた。そうした訪問客は残らず早々にお引き取り願っていたのだが、そんな中に「彼」の顔を見つけたとき、アーサーは寝室に紛れ込んだ蜂を見つけたような表情をのぞかせたものだ。

　狙った通りの展開ではあるが、意図した経緯とは異なる結果。

　男をリビングに通したアーサーは、《電気炉》の前で肘掛け椅子に座り、客にも椅子を勧めて彼と向き合っていた。コナンは離れてテーブルに着きつつ、万が一彼が逃走したときに備えている。とはいえ、彼が逃げ出す可能性は限りなく低そうだった。

「……そもそも、久しぶりというほど長い時間でもないでしょう。前に挨拶を交わしたのは、せいぜい二か月前だ」

「言われてみれば、そんなものですか。もう、あれから何年も経《た》ったような気分ですよ」

「ミスター・ジェファーソン・スタンフォードの件は？」

「新聞で読みました。私たちのかつての大家が、あのような過ちを犯すとは」

「間接的ではありますが、今回の一件の被害者と言えなくもない」

「止《よ》して下さい。さすがに自業自得でしょう？　彼にはどのみち先がなかったからこそ自滅した。それだけのことです」

　男は平然と言うと、わざとらしく両腕を広げてみせた。

　いつかアーサーが口にしていた通り、痩せた小柄な男だった。伸ばしたひげはアーサーの記憶にはないそうだから、少しでも印象を変えるための小細工だろう。実際、男はずいぶんとやつれて見えた。プラチナブロンドらしき髪も、いまは色褪《いろあ》せて映る。憔悴《しょうすい》した、みすぼらしい風体だ。

　――しかし、目は生きている。

　乱れた前髪の下からこちらを見る青い瞳だけは、いまなお鋭く理知的だった。男が備えているタフな精神を感じさせた。

「……それで？　本題に入りますが、ここにはどんな用件でいらっしゃったんでしょうか、ミスター・アルセニー・リード？」

「それが下らない偽名に過ぎないことは、すでにお見通しなんでしょう？　改めて。ジョン・モースタンです。現在、古馴染《ふるなじ》みに命を狙われていましてね。訳あって警察は頼れないので、藁《わら》にも縋《すが》る想《おも》いでここに来ました」

開き直った態度――というよりは、どこか自棄《やけ》になったような自嘲と共に、男は自らの本名を名乗った。

コナンが引っ越したモンタギュー街の下宿の、前の住人。アルセニー・リードこと、ジョン・モースタン。

まさか、捜していた人物が、向こうから現れるとは想定していなかった。ただ、願ってもない展開であることは間違いない。この機会を逃す手はないだろう。

モースタンの態度に、アーサーが深々とため息を吐く。

砕けた口調になって、

「用件は？」

と、短く繰り返した。

「その様子だとお見通しなのでは？　君たちの力をお借りしたい。私を付け狙う刺客を、捕まえてもらいたいんです」

「市警《ヤード》の仕事だ」

「頼れないと言ったでしょう？」

「その理由が自らの起こした犯罪行為に起因しているんだとすれば、我々も貴方《あなた》に協力はできないし、むしろ市警《ヤード》に引き渡すのが市民の義務だ」

「ご心配なく。この国で罪を犯したことはありませんよ」

「なら――」

「仲間の一人は、市警《ヤード》の留置場で死にました」

モースタンは簡潔に答えて、唇を曲げながら笑う。

「同じ場所に入りたいと思いますか？」

「事情が違う。貴方がすべてをつまびらかにしたなら、市警《ヤード》は今度こそ威信を懸けて貴方を守るはずだ」

貴方になんの罪もないのなら、とアーサーは執拗《しつよう》に繰り返す。

今回の件でスコットランド・ヤードが頼りにならないという結論は、すでにコナンたちも出している。アーサーがモースタンの言い分に賛同しないのは、彼なりの駆け引きなのだろう。

果たして、モースタンは仕方ないと言いたげに、眉をもたげ、鼻を鳴らした。どうも、妙に芝居がかったところのある男だ。

「君は、あの男の恐ろしさを知らない」

「『沢村小三郎』のことかな？」

「そう言えば、血判状の件も新聞に漏れていましたね。やはり市警《ヤード》は信頼できない」

「彼が恐るべき身体能力の持ち主であることはわかっている。それでも、所詮は一個人だ。

市警《ヤード》が総力を挙げれば……」

「同じ事ですよ。彼はこれまで標的を仕留め損なったことがありません。彼の襲撃を防ぐには、彼と同じ技術を、彼と同じレベルで身に付けた人間が必要で、そんな人間はこの国に存在しない。それ以外の者が何人いても、いないのと一緒です」

　些《いささ》か大袈裟に聞こえる内容に反し、モースタンの口調はごく冷淡だった。おそらく、この発言は本心――つまり真実を語っているのだろう。少なくとも、コナンにはそう聞こえた。

　そして、彼が告げたことは、これまでの事件が証明していると言えるのだ。

　アーサーはしばらくモースタンの態度を観察したのち、

「……彼はニッポン人だな？　まさか、ニンジャなのか？」

　アーサーが聞くと、モースタンは突然真顔になり、次いでゲラゲラと大声で笑った。椅子の上で身を捩《よじ》っている。それまでの態度と異なる反応は、こちらを馬鹿にしているのではなく、どうも本当におかしかったらしい。

　モースタンは涙までにじませてひと頻《しき》り笑ったあと、

「沢村小三郎が忍者？　そんなものをよくご存じだ、ミスター・ホームズ。ええ、ええ、仰《おっしゃ》る通り。彼はまさに忍者ですよ。能力的にはね。もっとも、主を持たぬ忍者など存在しないが、彼の主は彼だけだ。そういう意味では彼は、忍者でもあり、将軍でもある。矛盾した存在なんですよ。あの男は」

　モースタンは楽しげだった。しかし、その声には痛烈な皮肉が込められているようにも聞こえた。

　コナンは油断することなく、モースタンの動向を見守る。アーサーも、モースタンの反応に釣られることなく、彼の観察を続けていた。

「ふむ……どうやらニンジャというのは、なかなか複雑な存在のようだ。だが、『小三郎』の正体について、貴方はよくご存じらしい」

「言ったでしょう？　古馴《ふるなじ》染みなんです」

「『仲間』という言葉もあったな。もし貴方が酔狂でここに来たのではなく本当に我々の力を頼りたいのなら、貴方と仲間、『沢村小三郎』の過去について話して頂きたい」

「必要ですか？」

「必要だね」

「私の願いは、ただ彼を捕まえることだけですよ？　言い忘れましたが、報酬なら十分に用意します」

「情報の開示は必須条件だ。なぜ神聖ブリタニア帝国の貴族が、ニッポンのニンジャに命を狙われている？」

まだクツクツと小さく笑い続けていたモースタンが、アーサーの台詞《せりふ》で笑いを引っ込めた。

右の肘掛けにもたれるように上半身を傾けながら、顔を上げてアーサーを見据える。彼がブリタニアの貴族だというのは、コナンも初耳だ。そういうことは先に言えと胸の中で毒づきつつも、動揺を見せずに二人の会話に集中した。

モースタンは何食わぬ顔をしている。

だが、目つきは剃刀《かみそり》のように鋭い。

「……推理の根拠を聞かせてもらえますか、名探偵？」

「推理じゃない。調査の結果さ。ロンドンの財界では、『スペンス・ルーカッスル』はブリタニアの帝都ペンドラゴンで商売的な成功を収めたのち、イギリス共和国に渡航したことになっている。実際向こうには彼の売却した会社が残っているが――これがどうも、元々現地にあった会社を彼が一時的に買い取ったのち、すぐに手放したものらしい。しかも、その際に書類上で幾つかの改竄《かいざん》を行った形跡がある。彼が『スペンス・ルーカッスル』という偽名を名乗り始めたのもこのタイミングからだ」

「……驚きました。この短期間に、よくぞそこまで」

「驚いてもらって恐縮だが、たまたまツテがあったってだけさ。そして当然、彼の本名『ジョナサン・ショルト』のことも調査した。こちらもすぐにわかったよ。没落したブリタニアの貴族、ショルト家の最後のひとり。そして、ショルト家との繋《つな》がりで浮かんで来たのが――」

「……私、ということですね」

「認められたからには、モースタン卿《きょう》、とお呼びすべきかな？」

アーサーがやり返すように皮肉げに尋ねると、モースタンは自嘲して首を横に振った。

「故国と共に捨てた名前です。実際、大した価値のある家でもなかった。調査結果にも目を引くような項目はなかったでしょう？」

「由緒ある旧家だったようだが？」

「そう、欧州から続く古くさい家でした。そして神聖ブリタニアは、皇歴はどうあれ、実態としては新興国。家柄に拠《よ》らない実力主義の国です。因習だけが取り柄の旧家など、落ちぶれるのは当然でした。むしろよく保ったと思いますよ？」

軽い口振りで他人事のようにモースタンは言った。事実、その態度からは過去の身分に対する執着は皆無に見えた。

――この男が、貴族？

百年前の革命時、欧州の貴族はほとんどが潰《つい》えるか、もしくは神聖ブリタニア帝国に亡命した。現在の欧州諸国は、このイギリスを始め、民主主義国として生まれ変わっている。共和国に生まれ育ったコナンにすれば、貴族とは旧時代の存在——それもどちらかと言えば「敵」と言えるだろう。

もっとも、革命から百年が過ぎたコナンの世代にすれば、貴族に対する憎しみのようなものは存在しなかった。現に、貴族制が存続しているブリタニアとも——国家間の関係が良好とは言えぬまでも——日常的に交易が行われているのだ。貴族という存在も、「海の向こうの事情」に過ぎないのが実態だった。

そして、そうした肌感覚は、アーサーも同様らしい。

「貴方が貴族だからといって、我々の態度が硬化することはない。繰り返すが、一連の事件の『根っこ』を知るのは、貴方の依頼を受ける上で必要だから尋ねているだけだ。生憎《あいにく》、二人のニッポン人に関する情報は、全く得られなかった。貴方たちの因縁を知っているのと知らないのとでは、以後の行動に大きな違いが生じる」

改めてアーサーが要求すると、モースタンは観念した様子で椅子に深々と座り直し、天井を仰ぐようにして両腕を広げた。

「放っておいたら、結局何もかも調べ尽くしてしまわれそうだ。そういうことでしたら君たちの手間を省いて、その分私の依頼に集中してもらうとしましょう。とはいえ、何から話したものか……そうですね。モースタン家とショルト家が没落した家だったことはご存じらしいが、この二家が没落した直接の原因については調査されたのかな？」

「……いや」

「ではそこから始めましょうか。ミスター・ホームズはいまから二十数年前、ブリタニアが内乱寸前の状態だったことをご存じでしょうか？」

突然話のスケールが大きくなった。コナンはちらりとアーサーの横顔を確認する。二十数年前となると、二人が生まれる前だ。少なくとも、コナンが受けた歴史の授業では習わなかった話だが……。

「……皇帝クレア・リ・ブリタニアの即位時、皇位を巡って貴族が二派に分かれたと聞いたことがある」

アーサーは淡々と答えた。「素晴らしい」とモースタンが大袈裟《おおげさ》に賞賛する。

「結果的に戦は起こらなかったため、ブリタニアは公的には認めていない事実です。ですが実際に当時のブリタニアは、リシャール皇子を擁する《純血派》と、エル家の当主を擁する《正統派》の間で、一触即発の状況でした。ところが内乱勃発寸前になって、《純血派》の中心人物だったロレンツォ・イル・ソレイシィ卿が、《正統派》に与《くみ》していたクレア皇女に乗り換えます。結果、擾乱《じょうらん》は収束。その上、幼いエル家の当主に代わり、クレア・リ・ブリタニアが新皇帝として戴冠しました」

「そうした経緯は知っている。もっとも具体的に何が起きたのかは見当も付かないが」

「当時両陣営は密《ひそ》かに会合を持ったそうですが、その場で何があったのかは、私たちにもわからない。帝国史上でも有数の謎と言われています。ただ、ひとつ言えることは、ソレイシィ卿の変心はブリタニアに平和をもたらしたかもしれないが、当時の《純血派》にとっては手酷《てひど》い裏切りだったということです」

「……つまり、モースタン家とショルト家は《純血派》だったということか？」

アーサーが確認すると、モースタンは「その通り」と首肯した。

「クレア新皇帝はかつての敵対者に寛容でしたが、それでも《純血派》の貴族は帝国の中枢から遠ざけられた。ただ、彼らはそれで納得したわけではなかったのです。力を削《そ》がれつつも、密かに皇位奪還のための準備を整えていました」

「その事実は初耳だ」

「でしょうね。何しろ、叛旗《はんき》を翻す前に、計画が瓦解しましたから」

「原因は？」

「私たちが裏切ったからです」

またしても軽い、他人事じみた口振りだった。

今度ばかりはアーサーもピクリと身動《みじろ》ぎし、モースタンを見つめる双眸《そうぼう》を険しくする。

コナンも、モースタンが冗談を言っているのかと思ったが、そんな素振りでもない。と言うより、いまここで冗談を口にするなど、意味がないばかりか自らの信頼を損なうことになる。

――本当なのか？　だとすれば、今回の事件とは……。

コナンが想像していたよりも、ずっと大きく、根が深いのかもしれない。

しばらくの間、リビングには沈黙が垂れ込めた。

やがてアーサーが、やれやれとばかりに首を振る。やりにくい相手だ、と感じているのかもしれない。

話の切り口を変え、

「……肝心のニッポン人二人の情報が出てこないな。ブリタニアの御家《おいえ》騒動に、どうやってニッポンのニンジャが絡んでくるんだ？」

アーサーの問いに、モースタンはニヤリと笑う。

「戴冠前のクレア・リ・ブリタニアが、一時期日本に滞在していたことについては？」

「……そう言えば、そんな記録をどこかで見た覚えがあるな。彼女が皇位について以降、ブリタニアとニッポンの国交が深まったとか……ニッポンでの政変もあったし、眉唾物だとばかり思ってたが」

「事実ですよ。当時日本には《穎明《えいめい》の里》と呼ばれる、要人を匿《かくま》うための隠し里が存在しました。前皇帝の死後、クレア皇女はその里に避難していたんです。そして、ここがいわゆる『忍びの里』——忍者を育成する場所の一種でした」

「な——」

さすがにアーサーも目を丸くする。もちろん、コナンもだ。

モースタンは肩を竦《すく》めながら、

「もっとも、厳密に言うと『忍びの里』そのものというよりは、『忍びの里』のサポートを受けつつ運営されていた隔離地域だったようですがね」

「そこに、クレア皇帝が？　では、彼女はニンジャを部下にしていたのか？」

「さて。その可能性は否定しませんが、生憎私の仲間とは関係ありません。この話に関わってくるのは、彼女ではなく、彼女の後に《穎明の里》に向かった人物の方ですから」

「他にもいるのか？」

「はい。まさに彼女が即位した直後、粛清を恐れて、《純血派》の貴族が日本に逃がした人物がいます。彼らが擁していたリシャール皇子とは年が離れていますが、腹違いの弟に当たる人物です。名前は——まあ、いまさら公にすることでもない。『彼』ということにしておきましょうか」

モースタンはもったいぶりつつ、話を進める。

問題の人物は、《穎明の里》に匿われるべくブリタニアから連れ出された。ところが、結果的に、それは叶わなかったらしい。というのも、クレア・リ・ブリタニアが日本を発《た》った際、《穎明の里》は襲撃者によって壊滅状態になったからだという。

「この襲撃者を差し向けたのも《純血派》だというのだから、当時の混乱振りがわかるというものです」

とモースタンは皮肉たっぷりに言った。

ともあれ、いまさらブリタニアに戻ることもできない「彼」は、最終的に《穎明の里》をサポートしていた『忍びの里』に引き取られることになる。

「藤堂高保と沢村小三郎は、その里の出身なのです」

ここでようやく、件の二人の名前が挙がった。

藤堂の方も『忍びの里』の出身というのは意外だが、考えてみれば彼の変装技術は一般人の域を超えていた。それに、事件の関係者に日本人が二人もいる上、両者がまったく別の出自だとする方が不自然ではある。アーサーも、「なるほど」と言葉少なに相づちを打った。

　モースタンは話を続ける。

「そして、クレア皇帝の即位から十年後のことです。皇位奪還のため決起すべく、《純血派》の貴族たちは日本にいた『彼』をブリタニアに呼び戻します。このとき『彼』を迎えに行ったのが、私とショルトでした」

　十年の歳月は短くない。里に預けられた「彼」は、寄る辺のない少年から、逞《たくま》しい青年へと成長していた。また、皇族の血筋とはいえ、一方的に異国へ追いやられた「彼」にすれば、いまさらブリタニアに未練はなかったらしい。里での密やかな生活に、充足を感じていたという。

　とはいえ、《純血派》の使命を帯びるモースタンとショルトも、手ぶらで帰国することはできない。二人は里の責任者だった藤堂の協力を得て、「彼」を説き伏せることに成功する。そしてモースタンとショルトは、「彼」と、さらには護衛として随行することになった藤堂と沢村を連れて、ブリタニアに帰還したのである。

「――『藤堂高保』は協力者だったそうだが、『沢村小三郎』はなぜ同行を？」

「あの男は腕利きですからね。単に実力で選ばれたわけですが……ただ、一行には予期せぬ同行者もいました。沢村と恋仲だった娘です。彼女は沢村を追って我々の船に潜入し、共にブリタニアに渡りました。さらには、到着後、彼の地で沢村の子を産んだ。娘でした」

コナンがギクリと肩を動かした。

心当たりがあったからだ。ルーカッスルが身代わりを立てた、日本人の少女。

つまり――

「……ルーカッスル邸の庭にあった、墓に眠る少女か」

「……ええ」

とモースタンが首肯する。そのときばかりは彼らしからぬ神妙な態度だった。

「先ほど、『主を持たぬ忍者など存在しない』と言いましたが、沢村を追ってきた娘は、里の主――その地を治める領主の娘でした。例の《あを石榴《ざくろ》》は、彼女が日本を飛び出す際に生家から持ち出した物です」

――そうか。それで……。

モースタンの説明に、コナンは思わず得心していた。『忍びの里』とやらを抱える領主なら、あの名玉の所有者としても違和感はない。また、『小三郎』が《あを石榴》を少女の墓に供えた理由もわかる気がした。コナンが想像した通り、あの宝石を本来の持ち主――領主の血筋を引く娘の許に戻したかったのだろう。

アーサーが深々と息を吐いた。抑えてはいるが、彼が興奮しているのが見て取れる。

「……ようやく『図面』が……事件の全体像が見えてきたな。それで？　いよいよ核心に迫るわけかな？」

「仰《おっしゃ》る通りです、ミスター・ホームズ」

モースタンは瞳に怪しい光を宿し、アーサーに向かって頷いた。

「お話ししましょう。十年前、帝都ペンドラゴンで、我々の間に何が起きたのか」

## 2

丸ひと晩悩んだ末、アーサーは改めて新聞広告を載せることを決意した。

ただ、文面は以前考えたものとは異なる。

『四月二八日の経緯は承知。後の手配有り。頼られたし。隣室にて。Ａ・Ｈ』

この文章を、アーサーはロンドンの主要な新聞すべてに掲載した。モースタンの話を聞いた上での判断であり、彼もこの文面を了承していた。

「今度もまたずいぶんと抽象的だな。これで本当に『小三郎』は現れるのか？」

「少なくとも反応はあるはずだ。丸く収まるかどうかは賭けだけどね」

アーサーはそう言って肩を竦《すく》めた。今回ばかりはさすがの彼も、結果を「見通して」いるわけではないらしい。

夜。

コナンとアーサーは、斑《まだら》な曇り空に映える月の下、廃屋の如き一室に椅子を持ち込んで座っていた。

モンタギュー街だ。天井の吹き飛んだ、以前のコナンの部屋である。新聞広告に載せた、「アーサー・ホームズ」の「隣室」だった。

幸いなことに、いまの季節は日が落ちたあとでも、寒くもなければ暑くもない。コナンの座る椅子の足下には一枚の毛布が置かれていたが、これは暖を取るための物ではなく、彼なりに考えたせめてもの「対策」だ。珍しくアーサーも感心してくれたのだが、役に立つかどうかは正直あまり自信がなかった。

天空に雲がたなびく。

時折吹く夜風を感じながら、二人は大都市ロンドンの、真夏の夜の中にあった。

「……この場所が通じるかな？」

「通じるさ。散々記事にされた僕たちのことを、『小三郎』が知らないはずがない。そして、ベーカー街に呼び出したいなら、わざわざ『隣室』なんて記載はしないことぐらい察するはずだ」

「そうか……にしても、何もこんな開けた場所じゃなくても……」

「またかい？　他に適当な場所がないんだから仕方ないだろ。僕たちに接触する意思があるなら、闇夜に紛れて吹き矢を吹いたりしないさ」

アーサーの言う通り、あの広告を見たからと言って、いちいち『小三郎』がコナンたちを殺傷するために現れるとは考えづらい。そんな手間を掛けるぐらいなら黙殺するはずだ。が、だから安心できるかと言えば、それはまた別の問題だった。スタンフォード家の二階は、いまも瓦礫《がれき》が散乱したままである。腕利きの「忍者」なる超人が忍び寄ったとして、察知できる自信はコナンには欠片《かけら》もなかった。次の瞬間にも首筋に吹き矢が突き刺さる可能性というのは、それが皆無に近いとしても、肌をむず痒《がゆ》くさせるには十分だ。

「やはり、もっと違うやり方がある気がする……」

「しつこいな。だったら代案を述べてみろ」

「それができれば苦労はないさ」

「だったらいまさらグチグチ言わないでくれ。君がそんなだと、僕まで落ち着かない」

「この際だ。その、ご自慢の電気の照明を点《つ》けても構わないぞ？」

とコナンはアーサーが持ち込んだ重たげな鞄《かばん》をあご先で示した。

「こう薄暗くては、向こうが近付いてもわからない。多少の爆発なら受け容《い》れるから」

「つくづく失礼だな。それに、僕の照明器具を持って来たのはあくまで念のためで、今回に限れば、残念ながら適切とは言えない。天井の吹き飛んだビルから煌々《こうこう》と明かりが漏れていたんじゃ、『沢村小三郎』より先に近所の住人が何事かとのぞきに来るぞ」

「まったく、なんの因果でこんなことになったんだか」

「それはまあ……同意せざるを得ないな」

コナンとアーサーは陰気な会話を交わすと、仲良く揃《そろ》ってため息を吐いた。

だが、これは二人が決めたことだ。あらかじめ確認し合った通り、すでに二人は事件の当事者である。だからこそ、二人の意志で事件に幕を引くのだ。

夜もガス灯の火が点《とも》るロンドン市街でも、この時間となれば人通りは少ない。静寂の中、野良犬の遠吠《とおぼ》えが彼方《かなた》から聞こえてきた。

ふと、コナンはサラが遊び相手を務めた、犬のキクを思い出す。モースタンの話では、キクは例の少女がロンドンに移住したのち、彼女の気鬱の慰めとして与えられた犬らしい。幸薄い少女にとって、あの犬がせめてもの喜びになっていたことを祈るばかりだ。

「しかし……」

「ん？」

「正直なところ、レストレード巡査部長があんなに協力的だとは思わなかった」

「協力的？　思い切りしかめ面だったぞ？　それに、あの男が協力的なのは、僕たちに対してじゃなく、ターナさんの店子《たなこ》に対してだろう」

「それは否定しないが……協力者が多いのは良いことだよ」

「さて、無条件では同意しかねる意見だな。まあ、今回に関して言えば、素直にありがたく思っておくけど」

アーサーはそう言いながら、くわえ煙草《たばこ》をくゆらせた。

薄闇の中、紫煙がうっすらと夜空に向かって伸びて、大気の中に溶け込んでいく。その様を、コナンは無心に眺めた。

「……なあ、アーサー？　お前は、信じられるか？」

「ミスター・モースタンの話かい？」

「ああ」

コナンの問いかけに、アーサーはゆっくりと煙草を吹かしてから答える。

「すべてを信じるつもりはない……けど、概《おおむ》ね真実だろうという感触はある」

「隣国のこととはいえ、話が大き過ぎてあまり実感が湧かないよ」

「普通に暮らしている分にはそうかもしれないが、あの手の騒乱の種というのは、いつの時代、どんな国にもあるものさ。そうした種が芽吹くのを、人知れず摘み取り続ける者たちもいる。国家の平和というものは、案外、薄氷の上に成り立っているものだ。もっとも……僕如きが賢《さか》しげに言うことでもないけれど」

いつになく神妙なアーサーに、コナンは意外な気持ちで彼を見やった。

アーサーの顔には、特別な感慨はない。「僕如き」というらしからぬ謙遜は、ひょっとすると「摘み取り続ける者」を知るが故の謙虚さなのかもしれない。

コナンは椅子に背中を預け、夜空を見上げながら、モースタンの話を思い起こした。

「実のところ、私とショルトは、《純血派》のクーデターが成功する見込みはないと目していました」

あの日モースタンは、耳を傾けるコナンとアーサーに、ごく淡々とそう語った。

当時の《純血派》の決起計画は、モースタンの目から見ても、現実を顧みない杜撰《ずさん》なものであったらしい。かつてつかみかけた栄光に目が眩《くら》んだだけの、老人たちの夢物語だ、と。

「そんな夢想に付き合うつもりは、私にもショルトにもありませんでした」

それでも、かつて国を二分した貴族たちの集まりだ。《純血派》が進める計画の中で、モースタンたちの目にも魅力的な要素は、確かに存在していた。

「軍資金です。彼らには、長い歴史で蓄えた、豊富な財があった」

日本から連れ帰った「御旗」がいれば、《純血派》の資金は放っておいても「彼」の許に集まる。モースタンとショルトの二人は、藤堂と沢村を巻き込んで、その資金を懐に入れる計画を練った。なんのことはない、彼らは初めから《純血派》を裏切るつもりで動いていたのだ。

ただ、当初沢村だけはモースタン等の提案に難色を示したという。「彼」や、「彼」を慕う《純血派》の貴族たちを裏切ることは、自らの忠節に背くと考えたのだ。

「ですが、それは間違いでもあります。《純血派》の計画通りに事を進めれば、クーデターが失敗することは目に見えていた。『彼』は謀反の罪を背負って処刑され、『彼』に荷担した貴族たちも叛徒《はんと》として処分されたでしょう。そして、日本にいた『彼』には、その未来が――計画の杜撰さがわからない。資金のことを抜きにしても、『彼』をこのまま破滅に向かわせることは、忠臣の為《な》すことではなかった」

最終的には沢村もモースタンたちの言い分を認め、従うことになった。ただ、あくまで「彼」を救うことが目的である意志を明らかにするべく、誓いを立てたのだ。

「それがあの『血判状』でした」

そして、モースタンたちは《純血派》のクーデター計画を進め、彼らの許にすべての資金が集まった段階で、それを残らず他に移した。結果、クーデターは頓挫。「彼」と《純血派》は失意の内に解散する――はずだった。

「ところが、予想だにしなかった事態が発生しました。忘れもしない、四月二八日のことです。我々が軍資金を手に入れた直後、《ナイトオブラウンズ》の率いる部隊が、《純血派》の拠点を襲撃しました」

神聖ブリタニア帝国の《ナイトオブラウンズ》とは、帝国最強とされる皇帝直属の騎士たちだ。彼らは、《純血派》の計画を察知し、密《ひそ》かに内偵を進めていたらしい。不意を突かれた《純血派》は、ろくに抵抗も出来ないまま彼らに制圧されたのである。

襲撃の際、モースタンたちは拠点を離れていて難を逃れる。しかし、沢村だけは「彼」を救助すべく、混乱の中、襲撃を受けた拠点に戻った。《ナイトオブラウンズ》の部隊が作戦行動を展開するただ中へ。

「その後のことは我々にもわかりません。すべては秘密裏に処理され、公的な発表は一切ありませんでしたからね。『彼』は反逆者の汚名から逃れる代わりに、その存在自体を抹消されたのです」

幸い、モースタンたちは《純血派》を裏切ったからこそ、《ナイトオブラウンズ》の目からも逃れることができたらしい。名を変え、資金をロンダリングして、彼らは「なかった擾乱《じょうらん》」から距離を取る。

「我々は数日間、潜伏しながら沢村を待ったが、結局彼は戻らなかった」

その後、沢村の妻――彼を追いかけて来た領主の娘は、心労からあえなく死去する。残された娘はショルトが引き取り、モースタンたち一行は身分を偽ってブリタニアを出国した。

そして、新天地ロンドンで、新たな人生を歩み始めたのだった。

いまから十年前のことだ。

「なんて言うか……まるで物語を聞かされたようだったよ」

真夏の夜空を見上げながら、コナンは独り言のように言った。

「しかも、物語はまだ続いてるわけだものな。死んだはずのかつての同志が、復讐《ふくしゅう》のため……『誅《ちゅう》』のために、ロンドンにまで現れて……」

モースタンたちは手に入れた資金を元に、新天地ロンドンで一定の成功を収めていた。

だが、沢村にはそれが許せなかったらしい。彼はわざわざ警告を残した上で、かつての同志二人を殺害した。血判の誓いに背いた者たちを。

「沢村の娘は流行病《はやりやまい》で亡くなったそうだが、せめて彼女が生きていれば、違う選択もあっただろうにな……」

いま沢村の復讐心《ふくしゆうしん》は、歯止めが利かなくなっているのだろう。コナンたちは、彼を呼び出して罪を償うよう説得せねばならないのだが、果たして上手《うま》くいくだろうか。

「彼らの事情がどうあれ、僕たちがやることに変わりはないさ」

「事情を知ってるかどうかで、以後の行動に大きな違いが生じるんじゃなかったのか？」

「現に『やり方』は変わったぞ？　変わらないのは『やるべきこと』だ」

アーサーの台詞《せりふ》はもっともだ。つい揚げ足を取るようなことを言ったコナンは、胸中で反省する。あくまで、胸中で、だが。

「……本当に、なんだって俺たちが、こんなことをしてるんだろうな」

「その点に関しては、まったくもって同意だな。本来ならこの時間を使って、新たな発明品が世に出ていたかもしれないというのに」

「……とすると、まるで無意味というわけでもないのか」

「どういう意味だね？　説明を求めたい」

アーサーが半眼になり、コナンが思わず苦笑する。

と、そのとき不意に、辺りが暗くなった。
月が雲に隠れたのだ。コナンは頭上を見上げる。ぶ厚く広い雲が空の半分を覆っていた。
瓦礫が散乱する場所だけに、これだけ暗いと動きに支障が出る。「点けるぞ？」と声をかけると、闇の中、アーサーが仕方ないと肩を竦《すく》めるのがわかった。
コナンは、一応用意していたランタンを手元に寄せて、ポケットからクラウスに借りたマッチを取り出す。

しかし、火を付ける寸前、

「……話したのは、ショルトか？　それとも藤堂なのか？」

ぼそりとした声が耳朶《じだ》に触れた。

一瞬幻聴かと思ったが、アーサーがビクリと震える気配を感じて、それが錯覚ではないことがわかった。コナンはマッチを擦ろうとした手を止めて、声がした――と思われる――方向に首を向けた。
背後。半分外れて閉まらなくなった、出入り口のドアの向こうだ。闇に閉ざされた廊下の奥から、その声は聞こえてきた。

——来た……！

たちまち動悸《どうき》がうるさいほどになった。コナンは椅子に座ったままそっと身をかがめ、足下の毛布の端をつかんだ。

「……『話した』というのは、四月二八日の件かな？」

アーサーが声に答える。

答えは返らなかったが、続く沈黙が回答に等しい。広告の文面にその日付を入れたのは、コナンたちがすでに詳しい事情を把握しているという証明なのだ。

しばらくして、

「……後の手配というのは？」

再び声がした。そして、気がついた。

——なんだ？　どこかで……。

聞いたことのある声？　……いや、違う。そうではない。ただ、似た声を知っているような、奇妙な感覚。

他方、アーサーは落ち着いた声音で続ける。

「現状において、もっとも生産的な未来に至るための手配だよ。我々としても、これ以上の犠牲者は御免だ。協力し、落とし所を探りたい。……どうだろうか？」

またしても即答はなかった。ただ――気のせいかもしれないが――闇の向こうの気配が、揺れ動いたように思えた。

質量すら有するかの如き沈黙が、コナンたちの間を占拠する。夜気がひりつく静寂だ。コナンは、気がつけば拳が白くなるほど、きつく毛布を握っていた。硬直してしまわないように、必死に指の力を抜く。しかし一方で、次の瞬間にも全速で動けるように、コナンは全身の筋肉をバネのように引き絞った。

やがて――

微《かす》かな足音と共に、開け放たれたままの出入り口に、人影が現れた。同時に、もどかしかった闇が晴れ始める。遥《はる》か頭上の雲が流れ、月光が辺りを照らし始める。

そして、

「……あまり時間はない。手短にお前たちの考えを――」

廊下の声が続けた。

そのときだ。

パンッ！

と乾いた音が夜気を震わせた。

銃声。

まさに月光を浴びようとしていた訪問者が、激しく身動《みじろ》ぎするのがわかった。

――くっ!?

コナンが弾かれたように、つかんでいた毛布を引き上げ、空中に大きく翻す。自分と、そしてアーサーを、訪問者から遮るように。コナンが考案した「吹き矢対策」だ。ぶ厚い毛布のシールドが、二人と訪問者を瞬間的に切り離す。

その、寸前だった。

「――なに」

出入り口を見つめ目を瞠《みは》るアーサーから、呻《うめ》き声が漏れた。

直後、広がる毛布が二人の視界を遮り、同時にコナンが飛びかかってアーサーを押し倒した。

二人が瓦礫《がれき》の上に身を投げだしたとき、
パンッ、パンッ!

と、さらなる銃声が月夜を跳ねた。

コナンは必死に毛布を引っ張り、アーサー諸共《もろとも》頭から被りながら、

「巡査部長!?」

「まだだ！　動くな！」

クラウスの叫び声。他にも、階段を駆け下りる激しい足音が入り乱れる。

複数の人間と思惑とが錯綜《さくそう》していた。コナンは毛布を被ったままアーサーの傍らで蹲《うずくま》る姿勢になり、聴覚に全神経を集中する。

その姿勢のまま、数分——それともせいぜい十数秒だっただろうか。

階段を駆け下りた足音は遠くに消え、夜気を焦がした銃声の名残も霧散したころだ。

「……おい？　無事か？」

安否を確認するクラウスの声に、コナンはガバッと毛布を剝《は》いで立ち上がった。

目の前に、拳銃を手に提げたクラウスがいた。

コナンとアーサーは今回の新聞広告を打つ際、事件解決のために自分たちが主導的に動くことをクラウスに伝えていた。コナンが提案した通り、「話を通して」おいたのだ。

その結果、クラウスは——ウイスキーの樽《たる》を丸々空けた翌日の如き凄絶なしかめ面をしつつ——スコットランド・ヤードの指揮系統を離れたところで二人に協力すると申し出た。

意外ではあったが、二人はクラウスの協力を受け容《い》れ、事件の概要を話した上で、今回も

側に——一階のスタンフォードの部屋に待機してもらっていたのである。

しかし、

「どういうことですか、巡査部長⁉　ようやく『小三郎』と会話が出来そうなところだったのに！」

さっきの銃撃はクラウスによるものだが、彼が発砲するなどとは思いも寄らなかった。コナンたちは『小三郎』を逮捕するつもりだったが、クラウスの目的は彼の「殺害」だったのだろうか？　とすれば、これは裏切りだ。コナンは頭に血を上らせて、クラウスに詰め寄った。

しかし、コナンの真剣さに対し、クラウスは苦々しくもどこか開き直るような態度で、

「仕方ねえだろ。殺されかけてたんだ」

「彼に俺たちを攻撃する素振りはなかった！　少なくとも、あんたが撃つまでは！」

「……『彼』ってのは、廊下からお前さんたちに、こっそり声をかけてた奴《やつ》か？」

「他に誰が——」

「いたんだよ」

クラウスが言った。

コナンは、頭の中の歯車が外れたように、激しく空転しながら、

「——え？」

「もう一人いたんだ。つうか、突然現れた。それも上から——ぶっ壊れた三階の方からな。その『彼』に飛びかかる勢いだったから、とっさに発砲したんだ。……まあ、ビビって思わずってのもあるけどよ」

ふて腐れるように、クラウスが言う。コナンは納得するどころか、いよいよ思考が空転した。

——もう一人？　いったい、何を……。

脳裏が痺《しび》れるような感覚を味わいながら、コナンはさっきの瞬間を無意識に反芻《はんすう》する。

銃声が響き。毛布を広げ。アーサーが呻《うめ》き。さらなる銃声が……。

クラウスの叫び声。階段を駆け下りる、激しい足音が入り乱れ……。

——足音が……入り乱れて……。

そうだ。ひとつではなかった。あの足音は、一人分ではない。もう一人。逃げる者と、追いかける者が立てる足音だった。

——いや……でも……なら……誰が……。

「どういうことだ？」

その、どこか遠くにいるかのような声は、アーサーのものだった。

アーサーはコナンに押し倒されたまま、瓦礫の上に大の字になって、呆然《ぼうぜん》と夜空を見上げていた。クラウスや彼の拳銃、コナンや、下手をすると、いまの二人の会話にすら気付いてもいない様子だった。

そして、呆然と夜空を見上げながら、

「……いや……そうか。ニンジャか。あいつ……！」

夜空を映《うつ》すアーサーの瞳に、超新星のように激しい光が煌《きら》めいた。

ガバッ、とアーサーは身体を起こすと、

「追うぞ！」

「え、あ、ああっ」

「いや、待て待て、お前等。追うって、さっきの連中をか？　どうやって？　もう、どこに消えたかもわからんぞ？」

反射的に頷《うなず》くコナンの隣で、クラウスが苦々しく聞き返した。

クラウスの言う通りだ。コナンは必死に動悸を鎮め、冷静さを取り戻すべく深呼吸をする。

——追う術はない。けど、何か手立てを……！

コナンは必死に考える。考えるが——一方で、何も思いつかないだろう確信を認めていた。

駄目なのだ。こんなことは自分の手に余る。自分はそんな風に、機転が利くようには出来ていない。いくら愚直に考えたところで、打開策など浮かぶはずがない。自分は、そういう人間なのだ。

しかし、だからと言って絶望はなかった。

自分には無理だ。

だが——

「船だ」

アーサーが鋭く言った。その言葉を予感していたかのように、コナンは彼の言葉に全神経を集中する。

「『あまり時間はない』。なんの？　脱出の手はずだ。まだ市内に留《とど》まっていた。徒《いたずら》にそうしたはずはない。彼は逃げる。十年前、そうしたように。できるだけ遠くに。なら——

陸路ではない。海路。どこに？　ブリタニア？　違う。欧州？　アジア？　いずれにせよ、やはり船だ。だが、通常の手段なら手が回る。密航。危険なのは船乗り場か。避けるなら――沖合だ。ボートで直接……とすれば、ボートはどこからだ？　決まってる。テムズ河だ」

　アーサーが凄《すさ》まじい勢いで言葉を吐き出す。それは、彼の頭脳が高速稼働しながら吐き出した言葉だったに違いない。

　アーサーは立ち上がり、目の前にいたクラウスに向かって怒鳴る。

「《沈黙館》は手を貸すまい……市警《ヤード》っ！　いますぐボートの手配を！　高速艇だ。速いほどいい。できるか？」

「はあっ？　あのな？　いま何時だと思って……」

「できるのか、できないのかっ。どっちだ!?」

「できるわけないだろ！　高速艇なんか、んな簡単に――」

　理不尽に食ってかかるアーサーに、クラウスは怒気を顕《あら》わにする。

　が、急に何かを思い出した顔で、ぱちん、と自らの額に手のひらを打ち付けた。

「……ミスター・ワトソン？」

「な、なんです？」

「今日、何曜日だっけ？」

「は？　……き、金曜ですが……」

「そうか。金曜か。なら……賭場は開いてるな」

一気に十も歳《とし》を取った様子で、クラウスは深々とため息を吐いた。

それから、ぐしゃぐしゃと髪を掻《か》き乱し、疲れた面持ちでアーサーを見やった。

「……当てがある。付いて来い」

3

「……正直意外だったな、レストレード。腹芸にたけた男だとは思っていたが、まさかこんな形で儂《わし》を頼るとは」

ニヤリと唇を曲げるサム・シャーマンに、クラウスは仏頂面で鼻を鳴らした。

「黙れ、シャーマン。こいつは押収だ。お前さんを頼ったわけじゃねえ」

「こんな時間まで裁判所が仕事をしているとは、それこそ意外だ。鼻で笑いたくなる」

「書類なんざ、後からどうとでもならあ。もっとも……そんな手間が掛からないってんなら、それにこしたことはねえがな」

「気が合うな。まあ、たまには任意で応じるのも一興だ。月夜のクルーズも、悪くない」

老人はそう言って、クククと低く笑った。

いまコナンとアーサーは、金貸しのシャーマンが所有する高速艇《トビー号》の船上にいた。クラウスの「当て」と言うのが、この舟だったのだ。同行しているのは、シャーマンと彼の部下の機関士二名、それにクラウス。月光の下、六人の男たちがテムズ河を下っている。

シャーマンは、スタンフォードを逮捕した際に彼と密会していた初老の男だった。あのときのやり取りを思い出す限り、クラウスとは犬猿の仲に思えたのだが……それがこうして、深夜の追走劇に協力している。シャーマンは「腹芸」と言ったが、スコットランド・ヤードの巡査部長と賭場の胴元である金貸しの関係は、ひと筋縄ではいかないらしかった。ただ、両者の表情を見比べれば、クラウスがシャーマンに対して「不本意な『借り』がひとつ」というところだろうか。

舳《へ》先《さき》が河面を切って、舟は軽快に進む。

煌々《こうこう》と輝く月光を受け、テムズ河の水面は砂金を撒いたように薄く輝いていた。そのため思った以上に見晴らしが良く、両岸の街並みまで見て取れた。《トビー号》に乗り込んだウェストミンスター波止場は、すでに遠く離れている。高速で向かう先には建設途中の昇開橋、その傍らには厳《いか》めしいロンドン塔のシルエットが聳《そび》えていた。

——……こんな所からロンドンを見たのは初めてだな。

はっきり言って、想像の埒外《らちがい》の展開だ。ただ、行き先すらわかっていないというのに、コナンには不思議と不安がなかった。傍らに、彼に見えない未来を見通す、道しるべがいるからだ。

「……アーサー。『沢村小三郎』は本当に舟で河を下るのか？」

「確証はない。けど、九割方そのはずだ。僕の記憶が確かなら、今夜最後にロンドンを発《た》った貨物船は、まだ洋上に出ていない。足の速い舟なら十分に追いつける。『彼』は元々それに乗り込むつもりだったんだろう」

「なら……」

そう言って、コナンはアーサーを見つめる。

「もう一人の方は？　あっちもテムズ河《ここ》に現れるのか？」

「……当然追ってくる。標的がまだ存命なら、な」

アーサーは断定しなかったが、その声には確信があった。コナンは頷《うなず》き、《トビー号》の行く手に目を凝らした。

「なあ、アーサー。あれは、誰なんだ？」

血判状の署名は四つ。『藤堂高保』と『ジョナサン・ショルト』は死に、『ジョン・モースタン』はアーサーを頼って姿を見せた。

つまり、

「残っているのは『沢村小三郎』一人だったはずだ」

「……あの血判状と、我らが依頼人の証言を信じるならね」

「モースタンが嘘《うそ》を吐いてるって？　それとも、何かまだ隠しているのか？」

その可能性は十分ある。だが、仮にモースタンに秘密があったとしても、血判状の署名が四つだった事実は動かない。今回の事件は根が深い。そして、深い因縁があればこそ、余人が介入するとは思えないのだ。

――いや、そもそもだ。

「どうして『小三郎』は逃げてるんだ？　あいつが乗り込もうとしてる貨物船ていうのは、海外に向かう船だろう？　復讐《ふくしゆう》のためにモースタンを狙っていたはずなのに、なんで急に心変わりをした？」

「心変わりなんかしていない。狙ってるのさ。まさに、いま」

「……どういうことだ？」

「…………」

訳がわからず質問したコナンに、アーサーは答えない。黙ったまま、じっと前方を見据えていた。

——まるで謎かけ《リドル》だ。

コナンの胸中に複雑な思いが渦巻いたが、彼はそれ以上の追及をしなかった。謎解きは自分ではなく、アーサーの領分だ。そのアーサーが黙っているなら、いまは必要以上に聞き出さなくてもいい。

目の前の為《な》すべき事に集中するのだ。

「しっかし……」

とクラウスが苦々しげに言う。

「ミスター・ホームズ？　いくら月明かりがあるとはいえ、これだけ広いテムズ河で小舟一艘を探すってのは、かなり運任せの捜索だぜ？」

これはクラウスの言う通りだ。深夜のテムズ河を渡る船舶はごく少数ながら、そのすべてに接近して『沢村小三郎』が乗船しているかどうかを確認している場合ではない。第一、向こうが明かりを消して操縦していれば——危険だが、不可能ではない——発見すること自体困難だ。

しかし、

「……『彼ら』は逃走者と追撃者だ。そして、追撃者は抜かりない。きっと追いつく。なら、すぐにわかる」

アーサーは行く手を見据えたまま言い切った。コナンとクラウスが、ちらりと視線を交わし合う。

すると、三者の様子を興味深げにうかがっていたシャーマンが、おもむろに口を開いた。

「……お若いの。名をアーサー・『ホームズ』、と言ったな？　ひとつ確認したいことがあるんだが」

話しかけるシャーマンを見向きもせず、アーサーはぶっきらぼうに、

「答える義理はないが、面倒だから教えてやる。親族だ。ただし、『あっち』は今回の件に関与していない」

「ふむ。やはりか。結構。いや、大変結構だ。こちらも面倒事は御免蒙りたいからな。だが……君とはこれを機に親交を結んでおきたいね」

「『警告』しておくが、止めておけ。『貸し』はレストレード巡査部長だけで満足する方が身のためだ」

「ハッ。これは手厳しい」

刺々《とげとげ》しいアーサーの態度に、シャーマンは何故《なぜ》か楽しげに笑った。

「ならせめて、お近づきの印に教えておいてやろう。この件、暗黒街の大物が裏で『庇《ひ》護《ご》』しておるらしいぞ？　『手出し無用』とな」

ピクッ、とアーサーが身動《みじろ》ぎをした。

横目にシャーマンをにらみながら、

「……誰だ？」

「言うつもりはないが、言ってもわかるまいさ」

「理由は？」

「さて、儂は半端者故、暗黒街の事情までは知るよしもないが……安心せい。あくまで、『身内』向けのお達しだ。市警《ヤード》を引き連れての捕り物とあらば、あちらもわざわざ関与はすまい」

「…………」

シャーマンの台詞《せりふ》に、アーサーが黙り込む。「おい、シャーマンっ？」とクラウスが聞きとがめて声を荒らげたが、シャーマンは返事をしなかった。

――またか。

コナンは思わず顔をしかめる。

背後から聞こえた二人のやり取りの、意味するところはわからない。ただ、おそらくアーサーの実家に関わることだということは推測できた。シャーマンは半ば暗黒街の人間だそうだが、アーサーの実家は裏社会にツテがあるらしい。おそらく、ロンドンの裏社会における組織的力学が働いているのだろう。いまの会話は、その一端なのだ。

しかし、

――……知ったことか。

コナンは背後に一瞥《いちべつ》もせず、意識を高速艇の進む先に集中した。

自分をこんな場所まで連れ出したのは、謎の組織ではなく、隣に立つ発明家である。アーサーとシャーマンのやり取りは二人のものであり、自分が口出しするようなことではなかった。

だから、気付かなかった。

コナンは頑《かたく》なに、彼方《かなた》へと目を凝らす。

シャーマンとの会話を終えたアーサーが、ほんのちらりとだけ、コナンの反応を窺ったことに。

そして、彼方をにらむコナンの横顔に、わずかだけ表情を弛めたことにも。

コナンは気付かない。

だが、その選択のおかげで、別のことを見逃さなかった。

「――！　いま！」

コナンが視線を向けていた、テムズ河の下流。その先で、月夜の下、一瞬光が瞬いた。

「どうしたっ？」とクラウス。コナンは振り向かず、腕を伸ばして指を差す。

「何か光った！　十一時の方角！」

「何も見えないぞ？」

「間違いない。一瞬だけ――」

コナンが反論した直後だ。再び、彼が指さす先で、微《かす》かな光が連続して瞬いた。

「あれだ！　ミスター・シャーマン。全速で接近してくれ！」

アーサーが怒鳴る。シャーマンがすぐさま部下に指示を出し、《トビー号》のエンジンが、ブウォン、と力強い駆動音を立てた。

コナンは必死に目を凝らす。

やがて、遥《はる》か先に、河面を走る影が視認できるようになった。明かりは消している。だが、舟だ。《トビー号》よりひと回り小さい舟。同時に、またしても光が瞬いた。今度は音も聞こえて来る。今夜すでに一度聞いた音だった。銃声だ。あの光は、拳銃から漏れる発火光《ノズル・フラッシュ》だったのだ。

「おいおい、発砲してやがるぞ!?」

「気にするな！　狙いはこっちじゃない！」

　慌ててしゃがみ込むクラウスに、コナン同様舳先から身を乗り出さんばかりのアーサーが言った。にしても、拳銃を発砲している相手を「気にするな」とは無茶《むちゃ》な言い草だ。ただ、いまはまだ相当離れている。流れ弾が飛んで来る心配は無用だろう。

　だが、発砲した舟はさらに速度を上げたらしかった。被弾する危険は薄れたかもしれないが、これでは追いつけない。

「遅い！　出力が足りない！」

「ブリタニア製のエンジンだぞ。ロンドンでも十指に入る高性能だ」

「だとしても、出力不足だっ。くそ。時間があれば、僕がこの手で改造したのに！」

　そんな時間がなかったことに心の片隅で感謝しつつ、舟を見失うまいとコナンは両目をすがめる。

　すると、コナンの目にもうひとつの影が映った。発砲した舟より、さらに小さいボートだ。しかし、速度は前者を上回っている。猛牛を狩る猟犬のように、猛烈な勢いで、逃げる舟を追走していた。

「もう一艘いるぞ！」

　前方で繰り広げられる追走劇を見つめながら、コナンが声を上げた。

逃走者と追撃者、とアーサーは言った。

だとすれば、

「あの小さい方が、さっきの闖入者だな!?　じゃあ、発砲してるのは『小三郎』か!」

コナンが確認したが、アーサーの返答は否定だった。

「違う!」

アーサーは叫びながら、彼が持ち込んでいた発明品を抱え上げた。

「発砲しながら逃げているのは、本物のモースタンだ!　僕たちはまんまと騙された!」

アーサーが抱え上げた装置のスイッチを入れた。

機械の駆動音が響き、次いで、強く揺るぎない光線が彼方へと放たれた。スタンフォードを逮捕したときにも使った、アーサーの電気式照明器——サーチライトだ。

強力な光線は月夜の薄闇を突き破り、遠方を走る二艘の舟を照らし出した。

先行する一艘の舟と、それを追うさらに小さな舟。それぞれの船上に立つ、二人の男。

「……なっ!?」

照射されたサーチライトに晒《さら》されたのは、二人のモースタンだった。背の低い、痩身の男。どちらの髪もプラチナブロンドだ。ただ、眩《まばゆ》い光を手で遮る寸前、逃げる男にはひげがなく、追う男にはひげがあることが見て取れた。

「やはり！」

アーサーが興奮してサーチライトを叩《たた》いた。

「モンタギュー街で、一瞬だけ顔が見えたんだ！　だからわかった。僕らが『名前』に引きずられて、とんだ思い違いをしていたことに！」

「どういうことだ、アーサー⁉　なんでモースタンがここに……いや、『小三郎』はどうした⁉」

絶叫するコナンに、アーサーは眼光鋭く、

「僕たちの依頼人は、『ジョン・モースタン』じゃない。『沢村小三郎』だったんだ！　『小三郎』はモースタンの名を騙《かた》り、僕らを利用して本物のモースタンを――復讐相手を誘《おび》き出したんだよ！」

「なんだとっ⁉」

頭の中がぐしゃぐしゃになるような、激しい混乱がコナンを襲った。

――ベーカー街にやって来た、あの男の方が『小三郎』？　そんな馬鹿な！

彼は西洋人だった。間違いない。肌は白く、瞳の色もブルーだった。銀助や『藤堂高保』のような、黒髪黒目の東洋人とは明らかに違っていた。

しかし――

「『沢村小三郎』とは、『彼』が育ったニッポンでの名前なんだ！　名を伏せた——迂闊に名乗るわけにはいかなかったんだとすれば、おそらく『彼』こそがモースタンとショルトがニッポンの隠れ里から連れ戻した《純血派》の旗頭——ブリタニアの皇族に違いない！」

「そんな——!?」

コナンは絶句して息を呑む。二人の会話を耳にしたクラウスとシャーマンまで、「皇族」という言葉にぎょっとするのがわかった。

「しかし……待ってくれ、アーサー！　なんでそんな人物がここに……その皇族はブリタニアで死んだはずだろ!?」

「その話を打ち明けたのは『当人』だぞ？　おそらく、大筋はその通りなんだろう！　異国で育った『彼』は、ブリタニアの皇位になど魅力を感じなかった。だから、資金だけを奪取するモースタンたちの計画に乗った。しかし、自分を慕う《純血派》の拠点が襲撃を受けたとき、『彼』だけは仲間を助けに向かったんだ。そして戻らなかったが——死んではいなかった！」

サーチライトで前を照らし、アーサーは怒鳴りながら説明する。

「モースタンを保護し、『小三郎』の身柄を押さえねばならない！　早くもっと接近を！　二人の間に割り込むんだ！」

アーサーは気炎を吐いたが、向こうとの距離は一向に縮まらない。馬力はこちらが上かもしれないが、向こうはどうやら一艘に一人ずつしか乗っていない。重量に大きな差があり、加速が足りないのだ。

「おいっ、スコットランド・ヤードだ！　そこの二艘！　運行を止めろ！」

クラウスが大声で叫んだが、どちらも耳を貸す様子はなかった。銃声も、散発的に続いている。

アーサーが肩越しに振り返り、

「シャーマン！」

「これ以上は無理だ！」

「いいやできる！　ブリタニア製のエンジンなら、リミッターがあるはずだ！　外せ！」

「馬鹿な。暴発する！」

「すぐにはしない！」

アーサーは大真面目に言った。シャーマンは鼻白んだのち、大きく舌打ち。渋面で「……おいっ！」と部下に指示を出した。

――おいおい!?

「いいのか、アーサー！　エンジンが壊れて爆発なんかしたら元も子もないぞ!?」

「ブリタニアの技術を信じろ！」

「それって、お前の技術と比べてどれくらい信頼できるんだ⁉」

「んぐっ⁉　それは……し、『信頼』の定義による！　僕の方がより先進的だと自負しているが、実績ではブリタニアが上というか――」

「ならいい！」

「何が⁉」

アーサーは顔中で不本意と訴えたが、コナンがさらに何か返すより先に、《トビー号》がグンと速度を上げた。伝わってくるエンジン音が、高音に変化している。モンタギュー街にいたころ、よく頭上から聞こえてきた音に似ていた。たちまち想起する嫌な予想を黙殺し、コナンは舳先《へさき》にしがみついた。

《トビー号》は河面を跳ねるように、グングン加速し二艘の舟に迫る。

もう、二人の顔も識別できた。改めて見ても、顔や体格、外見はかなり似ている。

アーサーが、

「……あるいはあれが、没落していたはずのモースタン家が、ニッポンまで皇族を迎えに出る役目を務めた理由なのかもしれないな」

「えっ？　なんだって？」

「おそらく、モースタン家は『小三郎』の『外戚』なんだ！　あの二人は遠縁なのかもしれない！」

なるほど、それならば二人が似ているのも納得できる。また、似ている自覚があるからこそ、『小三郎』はモースタンに成り済ますような真似《まね》をしたのだろう。本物のモースタンを知っているはずのアーサーを相手に。

ただ、

──似てるのはあくまで、見た目だけだな。

いざ二人を同時に見比べてみれば、その差は歴然としていた。怯《おび》え、恐慌状態のように、やみくもに銃を撃つ『ジョン・モースタン』と、揺るがず、執拗《しつよう》に標的を追い続ける『沢村小三郎』。このままなら、前者ではなく後者が本懐を遂げるだろう。そのことが、横から見ているコナンにすら容易《たやす》く想像出来た。平然とモースタンに成り済ましてみせた行動力もそうだが、肝の据わり方が違っている。

だが、『小三郎』の思うままにさせるわけにはいかない。阻止せねばならないのだ。

「アーサー！　どうするっ？」

《トビー号》は刻々と両者の舟に迫っていた。すると、アーサーは眦《まなじり》を決し、サーチライトをクラウスに押しつけた。

慌てるクラウスを余所《よそ》に、新たな発明品を鞄《かばん》から取り出す。図鑑か百科事典を二、三冊重ねたようなぶ厚い箱だ。アーサーが操作すると、箱の一面から金属製の棒が二本飛び出した。

「アーサー？」

「『小三郎』捕縛のために用意していた発明品だ！　このスイッチを入れれば電極に電流が流れ、接触した相手に電気ショックを与えて、全身を麻痺《まひ》させる。生憎《あいにく》試作品だから、一度しか使えないが」

「で、電気ショック？　試作品って安全性は……いやっ、そもそも接触しないと駄目って、そんな物どうやって？」

「これから考える！」

「これから⁉」

「あと、水飛沫《みずしぶき》が飛ばないよう、そっちに立ってくれ！　濡《ぬ》れたらショートして、最悪爆発しかねない！」

「結局爆発するんじゃないか⁉」

コナンは慌ててアーサーの前を遮るように移動した。アーサーは両手で重たげな装置を抱え、唇を結んで前方をにらんでいる。

――接触!? だったら、向こうの舟に乗り込まないと……それに一回だけって、向こうは二人いるんだぞ? 『小三郎』を捕縛する目的とはいえ、モースタンも銃を持ってるし……!?

これから考えるとアーサーは言ったが、コナンもまた、必死に頭を巡らせざるを得なかった。

そして、《トビー号》が接近し、コナンが脳味噌《のうみそ》を高速で空回りさせる内に、ついに『小三郎』のボートがモースタンの舟に接触した。

ボートの舳先がガツンと衝突し、二艘の舟が大きく揺れる。その瞬間、『小三郎』が跳躍し、モースタンの舟に飛び移った。

目の当たりにすると息を呑むような、軽やかな身のこなしだ。また、コナンたちも、すでに近い。飛び乗った『小三郎』がそのまま身を伏せ、直後、モースタンが発砲して、弾丸が彼の頭上を掠《かす》めながら外れるのが、はっきりと目視できた。

『小三郎』は銃撃にも怯《ひる》まず、身を伏せたまま右手をもたげて口元に寄せる。その右手には、細長い筒がつかまれていた。吹き矢だ。が、即座にモースタンが発砲。身を伏せる『小三郎』の鼻先に着弾し、火花が飛ぶ。『小三郎』の狙いが逸《そ》れる。

――不味《まず》い!

もうあと数秒の内にも、決着が付きかねない。《トビー号》は真っ向からぶつかる勢いで進んでいるが、ほんの少し間に合わない。時間がいる。あと、ほんの少し。どうにかして、二人の妨害を――

と。

コナンが双眸《そうぼう》を瞠った。

「スイッチを入れろ！」

「え、ああっ！」

コナンの怒号にアーサーが反応。抱えていた装置のスイッチを入れる。

ほぼ同時に、コナンは身を翻して、アーサーの手から装置をもぎ取った。そのまま身体を回転させ、想像通りのズシリとした手応えの装置に遠心力を加えながら、前方へ向かって思い切り投擲《とうてき》した。

アーサーがあんぐりと口を開ける。

装置が、鋭い放物線を描きながら、モースタンの舟の縁にぶつかり、テムズ河に落下する。

直後、バチッ、と水面下で閃光《せんこう》と火花が弾け――

コナンの投げた装置が、水中で爆発した。

水柱が上がり、河面が上下に大きく波打つ。モースタンの舟が跳び上がり、落下し、盛大な水飛沫を上げながら泥酔したようによろめいた。

至近距離だ。爆発の影響は《トビー号》にも及んだ。とっさに舳先にしがみついたコナンはまだしも、アーサーは盛大にひっくり返り、サーチライトを渡されていたクラウスを始め、シャーマンと彼の部下たちも、為《な》す術《すべ》もなくデッキの上に転がった。

しかし、それでも《トビー号》の速度は落ちなかった。猛追する勢いのまま――

激突。

モースタンの舟に、《トビー号》がぶつかる。激しい振動に高速艇が軋《きし》みを上げて、負荷の掛かっていたエンジンが停止する。

サーチライトの光線が、闇雲に辺りを斬り裂いた。シェイカーの中に放り込まれたような激しい振動を全身で味わいながら、コナンは必死に目を凝らした。

視界に、モースタンが映った。

激突の際に負傷したのか、額から流血している。が、血走った目でこちらを見ながら、何か怒鳴りつけるのがわかった。

そして、モースタンが銃を持つ右手を掲げる。

銃口はこちらを向いていた。コナン——ではない。その射線上にいるのは——アーサーだ。狙っているというよりは、ただの偶然。怒りにまかせて銃を向けた、その射線上にアーサーがいただけなのだろう。

だが、放たれる銃弾が致命的なことに変わりはない。

「——！」

考える余地などなかった。身体が勝手に飛び出していた。

両腕を広げ、アーサーを庇《かば》う。

ぽっかりと空いたモースタンの銃口と目が合った。

モースタンが引き金を引いたのがわかった。

その瞬間、目の前の射線上に、何かが飛び込んで来た。

——あ。

『小三郎』だった。

被弾し、空中で身体が弾かれる。

そのまま、

「くっ⁉」

とっさに受け止めたコナンの腕の中に、『小三郎』が落下してきた。

ゴフッと、『小三郎』が血を吐いた。

異音《ノイズ》混じりの呼気に合わせ、口から血の泡が次々とこぼれ落ちる。コナンは慌てて『小三郎』を甲板に横たえたが、一瞬様子を確認したのち、我知らず顔を歪《ゆが》めた。

胸もとが血に染まり、さらにピュウウと血を噴いていた。致命傷だ。

「コ、コナン⁉　無事か⁉」

「俺はな！　けど……！」

転倒していたアーサーが、ドタバタと身体を起こしてコナンの安否を確認する。答えつつも、コナンの視線は眼下の『小三郎』から動かなかった。

アーサーもただちに事態を察し、『小三郎』の傍らにしゃがみ込んで「おいっ⁉」と声をかける。

「なぜ⁉」

「……おまえ、たちは……依頼、を、こな……奴《やつ》を……誘き、出し……」

血の気の失《う》せた『小三郎』は、ニヤリと――あの皮肉気な――笑みを過らせた。死の淵《ふち》に立ちながら、その顔はどこか満足気だった。

「……約束……守っ……死なせて、は……名、折れ……」

ゴボッと自らの血に咳《せ》き込みつつ、『小三郎』はアーサーに答えた。そうする間にも、見る見る「命」が流れ落ちるのがわかる。コナンは奥歯を嚙《か》み締《し》めた。

と、

「あいつ、逃げるぞ！」

クラウスが叫んだ。

ハッと顔を上げれば、モースタンが乗る舟が、衝突で失速した《トビー号》を置いて、テムズ河の河口へと走っている。クラウスが「クソッ」とサーチライトを掲げると、舟の上のモースタンの姿が見えた。

しかし、

「……馬鹿、め……」

『小三郎』がつぶやいた。

その言葉が届いたかのように、サーチライトに照らされるモースタンが、ふらつき、よろめき、こちらを向いた。

その胸もとに、細い何かが刺さっていた。

矢だ。

吹き矢の、矢。

モースタンの顔面はすでに青黒く変色していた。まるで、スポットライトを浴びるピエロのようだった。モースタンは大きく痙攣《けいれん》したあと、糸が切れた操り人形《マリオネット》の如く舟の上にくずおれた。

コナンたちを庇う一瞬の間に、『小三郎』は己の目的をも遂げていたのだ。

モースタンの遺体を乗せた舟は、主なきまま河口を目指す。

コナンは息を呑《の》んでいた。全身が指先まで痺《しび》れ、何ひとつとして思考できなかった。

ただ、

「貴方《あなた》は——何者なんだ？」

アーサーが問うた瞬間、『小三郎』は最後の力を燃やし、カッと目を見開いて大きく笑った。

「我が名は、沢村小三郎っ。我、天誅《てんちゅう》を、下したり！」

そして、沢村は事切れた。

知らぬ間に止めていた息を、コナンがゆっくりと、大きく吐いた。アーサーが、込み上げる何かを口にしかけて……結局は何も言わなかった。

モースタンの舟は、ふらつきながら遠ざかっている。ただ、その速度はめっきりと落ちていた。《トビー号》のエンジンを再起動すれば、すぐに追いつくだろう。実際、「……おい」とクラウスが命じると、シャーマンは無言のまま部下に合図し、再び《トビー号》を動かした。

高速艇が振動し、ゆっくりと加速し始める。月は皓々《こうこう》と輝いて、月下のロンドンを青く染めていた。

「……なあ、アーサー」

「……なんだ」

「俺たちは、成功したのか？」

「…………」

アーサーは返事をしなかった。ただ、一度沢村に視線を落としたあと、黙って懐から煙草《たばこ》を取り出し、口にくわえて火を付けた。

そうして、コナンがアーサーと経験した最初の「事件」は、劇的な幕を下ろしたのだった。

# 4

そのビルは、ウェストミンスター、セント・ジェームズ地区の古い街並みに紛れて、ひっそりと建っていた。

特に変わったところはない古い建物だ。ただ——酷《ひど》く「静か」だった。屋内に人の気配はあるのに、「声」がまるで聞こえないのだ。中に入ったコナンが面食らったことに、その建物の中では、誰もが何も「喋《しゃべ》らない」のである。それがこの場所に定められた、「ルール」なのだという。

そこは、《ディオゲネス・クラブ》と呼ばれる場所だった。

選ばれた者だけが集う事を許される、ロンドンのメンバーズクラブ。その中のひとつだ。

もちろん、コナンはそもそもメンバーズクラブの類には、何も所属していない。ただ、招待状が届いたのだ。

テムズ河の冒険から三日。ロンドン大学入学の前日のことだ。《ディオゲネス・クラブ》と印字された封筒の中にあったのは、日時と場所、そして二つの署名だけだった。普段のコナンならそんな怪しげな招待など無視しているところだが、今回それに応じたのは手紙にあった署名の人物が気になったからだった。

　つまり、いま目の前にいる二人である。

「初めまして、ミスター・コナン・ワトソン。どうぞ楽にして下さい」

「この部屋では声を出して頂いて構いません。ぜひ会話を。私たちはそれを望んでいます」

　通された応接室で待っていた二人の女性は、口々にそう告げた。

　同じ声のトーンに、同じ口振り。声だけではない。二人は——少なくともコナンには——見分けが付かないほど同じ顔をしていた。同じ背丈に同じ体格。身に着けたケープやドレスも同じ。どちらも人形じみて整った美貌の持ち主だ。唯一の違いは髪の長さで、片方は短く、片方は長い。おそらく、他の者に見分けが付くよう、あえてそうしているのだろう。

　髪の短い女性が名乗る。

「私は、ルイーズ・ホームズ」

　そして、髪の長い女性が続く。

「私は、ジーン・ホームズ。アーサー・ホームズの、双子の姉です。お会いするのを楽しみにしていました」

　挨拶をする二人は——普段からそうなのだろうが——どちらも呆《あき》れるほど表情が乏しか

った。コナンは、自分が妖精の国にでも迷い込んだかのような錯覚を覚えた。ただ、二人が真実を告げていることは理解できた。浮世離れした二人だからこそ、アーサーの姉と言われても腑《ふ》に落ちる。

「……初めまして」

とコナンは返事をした。もっとも、わざわざ自己紹介はしない。目の前の双子は、下手をすると彼自身より彼のことに詳しいかもしれないのだ。

「お招き頂き、光栄です。俺も、アーサーの家族に興味がなかったというと嘘《うそ》になる」

「あら」

と、髪の短いルイーズが声をもらす。

「だとすると、貴方は大変消極的に行動されたように思います」

「ですが、その点は私たちが貴方を評価した理由のひとつです。どうして弟に確認しなかったのですか？　彼の『実家』の正体を？」

喋《しゃべ》る抑揚に変化はない。にもかかわらず、コナンはその「場」の圧が上がるのを感じた。二人がコナンの返答に注目しているのが伝わってくる。また、返答次第では自分の想像もできないような対応を引き出しかねないことも。

まったくもって面倒な一席だ。とはいえ、コナンの方針はとっくに決まっている。いつも通り。元より、下手な小細工が通用する相手でないことは明白だろう。

「……アーサーが聞かれたくなさそうだったからですよ。正直に言えば、ここに来ることだって迷いました。ただ……同居人の家族に招待されたなら、挨拶ぐらいはするのが筋でしょう？　人付き合いってやつです。他意はない」

何度も繰り返し自戒して来た通り、わざわざ面倒事に関わりたくなどないのだ。

ただ……それでアーサーとの付き合いを改めようとは、いまさら思わない。思う必要もないはずだ。

だから、招待状に応じ、こうして「挨拶」に訪れたのである。

もっとも、想像通り、和やかな社交にはならなそうだが。

「それより、今日の招待の意図を聞かせてもらえますか？　多分貴女《あなた》方は、知りたいことは、すでに知っているのでしょう？」

最初は、一連の事件に関して、何かしらの取り調べをするつもりかと思っていた。しかし、考えてみれば事件に関することは、すでにロンドン中の新聞が報道している。特にマリーが書いた《ストランド・ニュース》の記事など、『名探偵』アーサー・ホームズの評判を大いに盛り立てていた。

コナンたちにすれば、結局誰も救えなかった結末に、忸怩《じくじ》たるものがある。だが、世間的にはスコットランド・ヤードも手こずる難事件を解決したと、その手腕が賞賛されている状態だ。アーサーは実に不本意そうだったが、彼の功績であることは確かである。ロンドンは、綺羅星《きらほし》の如く現れた『名探偵』に、熱い視線を注いでいるのだった。

ただ、事件の経緯は広く報道されたが、すべてが知らされたわけではない。沢村やモースタン、ショルトの「素性」については伏せられている。

真相を把握しているスコットランド・ヤードが、黙秘したためだ。外交問題に発展しかねないと判断したイギリス政府が、箝口令《かんこうれい》を布《し》いたのである。コナンとアーサーも、スコットランド・ヤードの上層部から直々に、公言せぬよう釘《くぎ》を刺されている。むろん、マリーも。

とはいえ、そもそもアーサーが沢村たちの「素性」を知り得たのは、目の前の双子——彼の「実家」——の調査の結果である。従って、双子は真実をすでに知っているはずであり、いちいちコナンを呼び出して説明させるはずがない。とすると、彼女たちがコナンを呼び出したのは、他に理由があるはずだった。

もっとも、予想はできた。

おそらく彼女たちは、コナンがアーサーの同居人に相応《ふさわ》しいかどうか、直接会って見極めようという魂胆なのだ。

　アーサーの実家はある種の権力を有し、且つ、極めてデリケートな存在らしい。裏社会とも繋《つな》がりがあると言っていたぐらいだ。機密保持の必要があるとしてもおかしくはない。身内の同居人に対し、身辺調査ぐらいはあっても納得できた。それでいきなり「排除」されるとは思わぬまでも、一応覚悟と警戒はしてきたつもりだ。

　あるいは、

「先に言っておきますが、監視役をしろっていうなら、お断りしますよ？　あいつの行動を逐一報告してるほど暇でもないんです」

　アーサーの同居人であることをのぞけば、コナンはただの医学生に過ぎない。わざわざ彼だけを単身呼び出す理由など、せいぜいそんなところではないだろうか。

　まさか、弟と仲良くしてやってね、とお願いするために呼んだわけでもあるまい。

　コナンはじっと双子の表情を窺う。そこには、外から読み取れるような何かは、毛ほどもなかったが……。

「私たちが貴方をお呼びしたのは、このまま弟と良好な関係を築いて欲しかったからです」

「……なんのために？」

「弟のために」

「え？」

「有り体に言うと、私たちは貴方に、弟と仲良くしてもらいたいのですよ、ミスター・コナン・ワトソン」

まさかだった。コナンは眉間に皺《しわ》を寄せてマジマジと双子を交互に見やった。

相変わらず、双子の表情には一切の変化がない。瞬《まばた》きさえしていないのではないかと疑うほどだ。よって、そこに深い真意が秘められているのか、あるいは言葉のままなのか、見抜くことは不可能だった。

「……それを伝えるために、わざわざ俺を？」

「はい」

「他に用件はありません」

双子は明快に即答した。コナンの困惑はいよいよ深まったが、なるほど姉弟だという感慨は強度を増した。あの弟にして、この姉——あるいは逆だろうか？

《ディオゲネス・クラブ》に相応しく、応接室に沈黙が垂れ込める。

沈黙はそれなりに続いたが、双子に動きはなかった。瞬きはおろか、呼吸をしているかすら怪しい。どうしよう、とコナンが率直に弱ったとき、説明の必要を感じたのか、ようやく双子が口を開いた。

それこそ、それまでの寡黙さが嘘のように、

「弟は自らの意思で家を出ました。より正確には、私たちと距離を取った、と言うべきでしょう」

「この状況は、私たちの本意ではありません。しかし、私たちは幾度も討論を重ね、弟の意思を尊重すべきと判断しました」

「ちなみに、討論は現在も進行中です」

「この判断が過ちである可能性を模索し続けています」

「ですが、現時点では、結論は変わっておりません。私たちが過去に直面した中で、もっとも難解な問題です」

「実に心外なことです」

「本当に遺憾です」

「ただし。弟の意思を尊重する判断を下したからといって、私たちは彼の姉たる立場と責任を放棄するつもりはありません」

「皆無です」

「それでも、弟が私たちの許を離れたのは、私たちの干渉を疎んだ結果らしいことは……承知しています」

「不可解ではありますが」

「はい。実のところ、何故《なぜ》私たちの干渉を嫌うのかは、理解に苦しみます」

「無論、他の理由があった可能性は、引き続き、徹底的に、調査しているところです」

「その可能性は決して低くないはずだと、私たちは考えています」

「ともあれ」

「不本意ですが、現状では先の理由が原因であるとの前提に基づき、行動せざるを得ません」

「では、干渉を疎む弟の意思と、姉たる私たちの立場と責任をいかにして両立すべきか」

「この点についても、様々な施策を試みている最中です」

「そして」

「貴方《あなた》との接触も、その内のひとつとなります」

そこまで交互に発言したのち、双子は再び口を閉ざした。

コナンは、茶葉に注いだ湯がカップ一杯分落ちきる時間を経てから、ようやく、

「……はあ」

とだけ返事をした。辛うじて。

何しろ、同じ声音で抑揚なく喋るものだから、催眠術にでもかけられているような気になってしまう。おまけに内容が内容だ。理路整然と支離滅裂が腕を組んでダンスしている

ような二人の話は、ろくに頭に入って来なかった。

なので、

「ええと……失礼。続けて下さい」

「それでは——私たちのかねてからの議題のひとつに、弟に友人がいないことがありました」

「でしょうね」

「でしょうね？」

「それはどういう——」

「いえ。失礼しました。何でもありません。続きをお願いします」

「では続けます。弟には友人がいませんが、彼が私たちと距離を取っている現在、友人の不在という問題は、これまで以上にプライオリティーの高い問題となります」

「信頼に足る友人の存在は独立した個人の支えになる、とのデータがあります」

「私たちの経験則には反しますが、データはデータです」

「そこで貴方です、ミスター・コナン・ワトソン」

「同居人と友人はイコールではありませんが、他者に比べ接触頻度が極めて高い以上、友人という立場に近しいと判断します」

「事実、弟は過去に例のないほど、貴方という他者と長い時間を過ごし、多くの会話を交わしています」

「そして、客観的判断としても、弟の信頼を勝ち得ている」

そう言って、再び双子は言葉を切り、じっとコナンに視線を注いだ。

コナンは一度ゆっくりと深呼吸をしてから、

「……つまり、弟が心配だから、俺が友人になれ、と？　姉として、お願いしたい、と……？」

コナンが恐る恐る確認すると、双子は完璧に同じタイミングで首肯した。マジか、とコナンは思った。

「本来なら私たちが厳選した人物を弟の友人として側に置くことが好ましいのですが」

「私たちの基準に達する人物は、過去十数年間、発見できませんでした。弟が家を出たあとは他国にも選定範囲を広げましたが、結果は同様です」

「また、より上位の問題点として、厳正な自己批判的討論の結果、私たちが友人を手配することは、私たちによる弟への干渉に値するという結論に到達しました」

「弟の意思を尊重するならば、私たちが彼の友人を選定する行為は、そもそも慎まねばならないという結論です」

「私たちは悩みました」

「私たちが過去に直面した中で二番目に難解な問題でした」

「しかし」

「貴方が現れた」

その瞬間、ガラス玉のようだった双子の瞳に、峻烈《しゅんれつ》な意志が煌《きら》めいたように思えた。

もちろん、気のせいかもしれない。それでも、コナンは我知らず背筋を伸ばしていた。

双子は続ける。

「貴方を軽んじるつもりはありませんが、率直に言って貴方は私たちの想定していた基準には到達していません」

「貴方と出会ったあと立て続けにトラブルに見舞われている点など、むしろ大きなマイナスです」

「ですが」

「ここ数日の間に発生したトラブルを、弟はむしろ楽しんでいるように見受けられました」

「また、それらトラブルの解決は、これまでになかった面から弟を『鍛えた』と、私たちは見なしています。弟は『成長』している、と」

「そしてその一因が貴方にあることは間違いありません」

「弟にとって、貴方の存在はプラスになる。少なくとも現時点で、私たちはそう判断しました」

「先に言っておくと、見返りは提示できません。それもまた、私たちによる干渉に値するからです」

「しかし――」

ふっ、と双子が互いに視線を交わした。

改めて、互いの意思を確認し合い、はっきりと発言する。

「お願いします、ミスター・コナン・ワトソン」

「弟の――アーサーの友人になって頂けませんか？」

そのひと言が――《ディオゲネス・クラブ》の創始者でありトップであるジーンとルイーズの「お願い」が――どれほどの意味と、重みと、価値を内包するかなど、当然コナンには想像できるはずもなかった。

ただ、仮に理解できていたとしても、コナンの返答は変わらなかったはずだ。

コナンは、仏頂面で、んー、と一度顔を伏せたのち、

「……『友人』の定義は？」

意表を突く質問だったらしい。双子はそれぞれわずかに目を瞠《みは》ると、再び互いの顔を確

認し合い、それから答えた。わずかだけ、戸惑うように。

「字義通り」

「親しい人物」

やれやれとコナンは首を振った。

「だったら……いまさらお願いされなくても大丈夫ですよ。自分で言うのもなんですが、俺たちはもう、とっくに『友人』ですから。多分」

# エピローグ

「お。お帰り、コナン。大学は明日からだろ？　どこに行ってたんだ？」

「あー、うん。まあ、ちょっと、な」

アーサーの問いに生返事をしながら、コナンはよたよたとリビングのテーブルに近付くと、椅子を引いてくずおれるように座り込んだ。

なんと言うか、やたらと疲弊していた。事前に覚悟と警戒は済ましていたつもりだったが、アーサーの「家族」とあんなやり取りをする羽目になろうとは、さすがに想像の埒外《らちがい》だった。結局、あのあと出された紅茶にも口を付けないまま夏の陽射《ひざ》しが照りつける中、真《ま》っ直《す》ぐここまで帰ってきて、ようやく気を弛《ゆる》めることができた。

「まったく、なんて変人の家系なんだ……」

「変人？　誰が？」

「なんでもない！」

コナンは投げ遣《や》りに返事をした。が、一方ではこんな風に気兼ねなく振る舞えることのありがたみが染み入るようだった。

《ディオゲネス・クラブ》で経験した駆け引きなど、所詮柄ではないのだ。自分なりに健闘したつもりだが、振り返ると「向いていない」ことを痛感するばかりだ。

初志貫徹で医者を目指そうと、つくづく思う。不可思議な事件だの隠された真相だのとは、なるべく距離をおいて実直に過ごすのだ。コナンはそう、心に誓った。

ただ、ふと、

――そう言えば……落ち着くな。ずいぶん。

ベーカー街２２２Ｂ。

まだ越して間もない場所だ。しかし、リビングに入ってアーサーの顔を見た途端、まったくの無防備に――それこそ、兄と暮らしていた田舎の家にいるかのように――寛《くつろ》いでいる自分に、コナンは改めて気がついた。

もちろん、直前までが様々な意味でアウェー過ぎたという面はある。それでも……少し、想像してみた。仮に、帰ってきたのがモンタギュー街の下宿の自室だったとしたら、いま自分はこんな風に、肩の力を抜いて椅子に座り込んでいただろうか？

そうはならない気がする。

自分でも驚くが、どうもコナンは気付かぬ内に、このベーカー街２２２Ｂを自らの「ホーム」として受け容《い》れていたらしい。

「……不味《まず》いな。ここだって、いつ爆発するか保証はないってのに……」

「なんだ、コナン。さっきから変だぞ？」

「うるさい。色々あるんだ。と言うか、疲れた。明日は大学初日だってのに、えらい目に遭わされたよ」

「一体どこで何をしてきたんだ？」

「……だから、色々だ」

渋面で答えるコナンに、アーサーは、ふーん、と興味混じりの視線を向ける。

しかし、すぐに関心をなくした様子で、手元の作業に戻った。見れば、アーサーが座るテーブルの周りには、細かい部品が散乱している。またしても何かしらの発明品を作製しているらしい。まあ、それが彼の仕事なわけだが、コナンの心がざわめいたとしても仕方がないところだろう。

「……今度は何を作ってる？」

「よくぞ聞いてくれた！　今回の事件はろくでもないことばかりだったが、僕の発明のテストという面ではなかなか有意義だった点もある！　中でも明確になった改善点こそが、この――」

「……やっぱり、いいや」

「なっ!?　それはないだろう、コナンっ？　自分から聞いておきながら――」

「ああ、もう。悪かったよ。とりあえず、発明品の開発には目をつぶってるんだ。その理解まで求めないでくれ。第一、説明されたってわからないんだから」

「わかるまで説明するが？」

「……やっぱり引っ越し先を探そうかな」

コナンはぐったりとテーブルに突っ伏した。

同時に、小さからぬ大きさで腹が鳴る。

そう言えば、朝に林檎《りんご》を齧《かじ》ったあとは、まだ何も食べていなかった。《ディオゲネス・クラブ》で出された茶請けのスコーンぐらい持ち帰っても良かったかも——いや、良くはない。あそこで出された物を口にするぐらいなら、飢えに耐えるのが賢明だろう。

一方、不服そうだったアーサーは、コナンの胃袋の要求を聞いて笑顔になった。

「ふむ。そう言えば、僕も昼食がまだだった。今日はターナさんも用事で留守のはずだし、何か食べに外に出ないかい？」

「……フィッシュ・アンド・チップスとか？」

「それもいいが、せっかくだ。君の大学入学の前祝いに、どこかの酒場《パブ》にでも出かけようじゃないか。ぼちぼち開店する店もあるころだ」

「構わないが、この辺りの店には詳しくないぞ」

「めぼしい店なら、レストレード巡査部長から聞いている。そう言えばあの男、今回の件で警部に昇格するらしいぞ？　次に会うときは、レストレード警部だ」

「あの不良中年が警部？　市警《ヤード》の人材不足も深刻そうだ。……というか、『次』ってなんだよ。市警《ヤード》の世話になるなんて、二度と御免だぞ」

「同感だ」

言いながらも、手元の部品を片付け始めるアーサーを見て、コナンも、むっ、と椅子から立ち上がる。くたくたになって帰ってきたはずだが、気がつけば少しは元気が回復していた。

「前祝いってことは、当然奢《おご》りなんだろうな？」

「……一応、銀助にも声をかけてみるか。祝いの席なら、年長者も必要だ」

「まあ、どっちの奢りでも、俺は構わないよ」

「言うじゃないか。僕も今度レストレード警部殿に会ったら、事件解決の功績をネタに一杯奢ってもらおうかな」

「だから、『今度』は勘弁してくれ」

渋い顔で言うコナンに、アーサーがニヤリと笑う。釣られてコナンも苦笑した。

「行くか」

「ん」

アーサーがリビングを出る。コナンも後に続いたが、ドアの手前で、ふと立ち止まり、振り返った。

リビングの壁を見やる。

そこにはもう、あの緋色《ひいろ》の紋様は残っていない。血文字が印されていた箇所の壁紙を張り替えたのだ。ジョナサン・ショルトの倉庫はすでに持ち主が代わり、屋敷も処分することが決まったらしい。モンタギュー街のスタンフォード邸も取り壊しが決定した。コナンの夏を彩った紋様は、あと数日もすれば、すべて消失するだろう。

しかし、

――当分、忘れられそうにはないな。

東洋からの復讐《ふくしゅう》者が残した紋様は、コナンを散々に振り回し――振り回されたコナンは、何人もの人々にぶつかった。ひょっとすると、この夏にぶつかった人々は、自分のこれからの人生に、より多くのものをもたらすのかもしれない。

もっとも、一人だけ、ぶつかるより先に馬車に飛び乗ってきたのもいるが。

「銀助！　コナンの大学入学前祝いだ。君も……そんなの、すぐに終わるだろ？　……わかった。じゃあ先に行ってるから、あとから君も来い！　店？　まだ決めてない。なるべくわかりやすいところにいるから！」

階下からアーサーの声が聞こえる。声は続けて、「コナンっ？」と急《せ》かすように響いた。

コナンはリビングのドアを閉めて鍵を掛けると、階段から一階に下りた。下りた先の玄関では、開け放たれたドアの向こうが、眩《まばゆ》い陽射しに満たされていた。その手前に立つ逆光のシルエットは、焦れるようにコナンを待っている。

実のところ、これからの人生——未来のことなどわかりはしない。そこには、この夏に経験したような波乱が、コナンを待ち構えているのかもしれない。

ただ、

「——行くか」

差し当たっていま現在。どうやらロンドンは平和だった。

# あとがき

　さて、本作には些《いささ》か説明が必要かもしれません。本来はあとがきではなく前書きで述べるようなことですが、この小説の成り立ちについて、少し解説させて下さい。

　すでにご存じの方が大半かと思いますが、二〇〇六年、『コードギアス　反逆のルルーシュ』というタイトルのアニメが放映されました。一世を風靡《ふうび》した大人気アニメで、筆者も夢中になって視聴したものです。毎週待ちきれなくてすぐにも続きが見たい、あの感覚。多分わかっていただけますよね？　実に幸せな時間でした。

　そして、この傑作の十五周年記念として、一昨年の二〇二一年、スマートフォンゲームが開始されました。『コードギアス Genesic Re:CODE』。シリーズの公式続編となるゲームです。筆者はこのゲームのサブシナリオ『霧京のアーサー』を執筆させていただきまして、本作はその前日譚《たん》という位置づけになるのです。

　……いや〜、ややこしいですね！　でも大丈夫！　このお話だけ読んでもらっても、十分に楽しんでいただけるはずですので！（という文言、よく見かける気がしますよね〜）

　ともあれ、スニーカー文庫様では初の上梓《じょうし》となります。あざの耕平といいます。

『コードギアス』ワールドの一時代（一応「正史」です！）であり、かの『シャーロック・ホームズ・シリーズ』のパスティーシュの端くれ（と、臆面もなく言わせて下さい！）でもある、本作『霧京のアーサー case file:beginning』。いかがだったでしょうか？

正直、書き始める前は、かなりプレッシャーもあったりしました。だって、『コードギアス』な上にシャーロック・ホームズですもの。自分が書いていいのかと悩んだりもしたのですが……谷口プロデューサーの助言をいただき、最終的には自分の好きなように書かせて頂きました。素敵なイラストも、本当にありがとうございました。

読んで下さった皆様も、少しでも楽しんでもらえたなら大変嬉《うれ》しく思います。『コードギアス』の――そしてシャーロック・ホームズの――一ファンだった筆者にとって、個人的にも愛《いと》おしい作品ですので。

それでは。

二〇二三年一月　あざの耕平

# コードギアス　霧京《むけい》のアーサー
## case file:beginning《ケースファイルビギニング》


| | |
|---|---|
| 原作 | サンライズ |
| 著 | あざの耕平《こうへい》 |
| | 角川スニーカー文庫　23566 |
| | 2023年3月1日　初版発行 |
| 発行者 | 山下直久 |
| 発　行 | 株式会社KADOKAWA<br>〒102-8177 東京都千代田区富士見2-13-3<br>電話　0570-002-301（ナビダイヤル） |
| 印刷所 | 株式会社暁印刷 |
| 製本所 | 本間製本株式会社 |

◇◇◇





Printed in Japan　ISBN 978-4-04-111413-1　C0193



**★ご意見、ご感想をお送りください★**
〒102-8177 東京都千代田区富士見 2-13-3
株式会社KADOKAWA　角川スニーカー文庫編集部気付
「あざの耕平」先生「さくしゃ2」先生

# 角川文庫発刊に際して

角川源義

第二次世界大戦の敗北は、軍事力の敗北であった以上に、私たちの若い文化力の敗退であった。私たちの文化が戦争に対して如何に無力であり、単なるあだ花に過ぎなかったかを、私たちは身を以て体験し痛感した。西洋近代文化の摂取にとって、明治以後八十年の歳月は決して短かすぎたとは言えない。にもかかわらず、近代文化の伝統を確立し、自由な批判と柔軟な良識に富む文化層として自らを形成することに私たちは失敗して来た。そしてこれは、各層への文化の普及滲透を任務とする出版人の責任でもあった。

一九四五年以来、私たちは再び振出しに戻り、第一歩から踏み出すことを余儀なくされた。これは大きな不幸ではあるが、反面、これまでの混沌・未熟・歪曲の中にあった我が国の文化に秩序と確たる基礎を齎らすためには絶好の機会でもある。角川書店は、このような祖国の文化的危機にあたり、微力をも顧みず再建の礎石たるべき抱負と決意とをもって出発したが、ここに創立以来の念願を果すべく角川文庫を発刊する。これまで刊行されたあらゆる全集叢書文庫類の長所と短所とを検討し、古今東西の不朽の典籍を、良心的編集のもとに、廉価に、そして書架にふさわしい美本として、多くのひとびとに提供しようとする。しかし私たちは徒らに百科全書的な知識のジレッタントを作ることを目的とせず、あくまで祖国の文化に秩序と再建への道を示し、この文庫を角川書店の栄ある事業として、今後永久に継続発展せしめ、学芸と教養との殿堂として大成せんことを期したい。多くの読書子の愛情ある忠言と支持とによって、この希望と抱負とを完遂せしめられんことを願う。

一九四九年五月三日